LA BÊTE NOIRE

L'AUTEUR

Après des études de cinéma à Poitiers, Thibaut Solano travaille comme journaliste au quotidien *La Montagne*, à Clermont-Ferrand, puis rejoint la presse nationale, d'abord le magazine *Ebdo*, puis *L'Express*, où il se spécialise dans la chronique judiciaire, et enfin *Marianne*. Il est l'auteur des *Disparues* (Les Arènes, 2016), récit captivant de son enquête sur la disparition et le meurtre de jeunes femmes à la gare de Perpignan, et de *La Voix rauque* (Les Arènes, 2018 ; Pocket, 2019), chronique glaçante de la genèse de ce qu'on appellera « l'affaire Grégory ». En 2021, Thibaut Solano se tourne vers la fiction et donne vie à un héros fait-diversier dont la première enquête s'intitule *Les Noyés du Clain* (Éditions Robert Laffont, collection « La Bête noire »), suivi des *Dévorés* en 2023, chez le même éditeur. *Chambre d'enfant* est résolument tourné vers l'épouvante, genre qu'il affectionne depuis son enfance.

THIBAUT SOLANO

CHAMBRE D'ENFANT

LA BÊTE NOIRE
Robert Laffont

ISNN 2431-6385
ISBN 978-2-221-28302-8
Dépôt légal : septembre 2025
Éditions Robert Laffont – 92, avenue de France, 75013 Paris
contact@robert-laffont.com

À mon ourson et mon lionceau

Trois petits chats, trois petits chats,
trois petits chats chats chats…

1.

« Comme un entraînement. » C'étaient les mots d'Anna, prononcés avec le sourire, les yeux cachés par ses lunettes de soleil et les doigts posés sur le volant. Les paroles mettaient la pression, le ton taquin la désamorçait. Je me suis forcé à rire pour ne pas la désespérer. Ça faisait un an qu'elle me tannait pour lui faire un enfant, elle avait d'ailleurs arrêté sa contraception six mois plus tôt. Si elle ne m'avait pas explicitement demandé mon accord, au moins m'avait-elle prévenu, l'air de rien en se brossant les dents, enveloppée dans son T-shirt-pyjama avec la photo de Kurt Cobain imprimée dessus, avant de ranger au fond d'un tiroir de la salle de bains sa boîte de pilules. De toute façon, je savais bien qu'on n'y couperait pas, ne serait-ce qu'en comptant le nombre de mes potes devenus paternels au cours des dix dernières années. Certains avaient même déjà deux mômes. Enfin, « déjà »... Façon de parler.

À trente-neuf balais, j'étais le dernier village gaulois à résister encore et toujours à l'envahisseur – excepté Jéjé, mais il n'était pas une référence. À l'heure où Anna conduisait notre pot de yaourt sur les routes de Charente-Maritime asséchées par la canicule, Jéjé devait être en train de se piquer pour la troisième fois de la journée dans les chiottes d'un square près de la gare de Limoges. Dire qu'au collège, il avait plus de succès que moi avec les filles, parfois la vie prend des chemins imprévus – encore que, vu les roustes que lui collait son pater quand il était gosse, il était peut-être prédestiné à mal tourner. Peut-être que son père non plus n'avait pas voulu l'être et peut-être que c'est ce qui nous guettait quand on se transformait en daron à contrecœur. Remarquez, le mien n'avait jamais brûlé de le devenir. Je précise, il n'avait jamais porté la main sur moi. Il s'était contenté de se barrer quand j'avais six ans, me laissant en tête à tête avec ma mère et ses horaires d'infirmière de nuit. Malin, le vieux : la corvée de garder son rejeton ne lui avait plus volé qu'un week-end sur trois ensuite. Aujourd'hui, il m'appelait une fois par trimestre.

Mais ce n'est sans doute pas ce que ma conductrice attendait de moi. Évidemment que ça me collait une trouille bleue de changer de vie, mais perdre Anna, ou la rendre malheureuse pour le restant de ses jours, m'effrayait encore plus. Je ne pouvais pas passer au travers plus longtemps.

Il était 18 heures quand un panneau nous a indiqué notre destination : le bled où vivaient sa sœur Audrey et son mari David. Et leur petite Eva, deux ans et trois mois – l'objet de la mission.

Ça faisait pas loin d'une heure qu'on sillonnait des lignes droites ponctuées de ces ronds-points décorés de statues massives qu'on ne trouve qu'ici (là une main ouvrant une huître, plus loin un moine encapuchonné brandissant un vitrail, sorti tout droit du *Nom de la rose*). Ces sculptures renvoyaient plus de vie que les maisons couleur saumon qui bordaient la route, toutes barricadées derrière des volets fermés pour se protéger du soleil agressif de ce mois de juillet. Si on y ajoutait l'absence de voitures sur l'asphalte, on aurait dit qu'on traversait une succession de villages fantômes. La radio, d'ailleurs, avait cessé d'émettre, remplacée par le grésillement des zones blanches.

— Plus de musique, merde, a ronchonné Anna.

En voyant défiler le paysage brûlé, j'avais envie de sombrer dans une sieste. Deux heures plus tôt, on s'était fait surprendre par un rouleau dans l'Atlantique, sur la Côte sauvage. J'avais bu la tasse et en reprenant mes esprits, alors que les vagues continuaient de nous secouer, j'avais perdu de vue un instant Anna qui, en réalité, avait subi le même tourbillon. C'était bête, mais ce moment passé à la chercher du regard, cerné par les eaux hostiles, m'avait paru une éternité.

J'avais senti une angoisse bizarre me serrer la poitrine, comme si une algue surgie des profondeurs m'avait ceinturé le cœur et obscurci la vue. J'étais un gosse s'apercevant dans les rayons d'un supermarché que ses parents n'étaient plus là. Anna avait finalement émergé à une dizaine de mètres de moi, en se tenant le visage et en toussant de la flotte. C'est en la retrouvant que j'avais vraiment repris mon souffle. Sans rien comprendre, on avait dérivé dans deux directions opposées. La tasse plus l'angoisse, ça m'avait lessivé.

— Trois petits chats, trois petits chats, trois petits chats chats chats…

Elle s'est mise à chantonner, sans quitter la route des yeux, mais en penchant la tête vers moi. C'était notre jeu préféré pour tuer le temps.

— Château de sable, château de sable, château de sable sable sable.

— Sable rouge, sable rouge, sable rouge rouge rouge…

— Rouge à lèvres, rouge à lèvres, rouge à lèvres lèvres lèvres…

On pouvait y passer des heures, dans la file d'attente de la caisse au supermarché ou à Eurodisney, chacun surenchérissant au mot de l'autre – la langue française semblait inépuisable et notre ping-pong nous sauverait toujours de l'ennui.

— Lèvres gercées, lèvres gercées, lèvres gercées-cées-cées…

— Sémaphore, sémaphore, sémaphore-phore-phore…

Est-ce qu'on peut encore jouer à trouver des mots quand on est parents ? Ou est-ce qu'on n'a plus le temps pour ces petites conneries ?

— Fort en gueule, fort en gueule, fort en gueule gueule gueule…

— Gueule de cul, gueule de cul, gueule de cul cul cul…

— Un petit chat, un petit chat, un petit chat chat chat…

— Mais ! Pourquoi tu reviens au départ, tu triches, là !

— Non. Un petit chat. Là, devant nous.

J'ai regardé la route. Au beau milieu, sur l'asphalte prêt à fondre, un tas noir avait poussé comme une verrue. On identifiait tout de suite le pelage d'un chat et la position allongée ne faisait pas de mystère. Pas plus que la flaque de sang séché qui s'en était écoulée. Mais quelque chose clochait. N'importe quelle route nationale comportait son quota de victimes félines. La plupart du temps, le petit corps était aplati par le passage des voitures aveugles ou trop lentes à la détente. Et il arrivait presque aussi souvent que les boyaux serpentent comme une guirlande de viscères échappée d'une boîte. Plus rarement, la dépouille était intacte et on imaginait alors, en ressentant une certaine consolation, que la pauvre bête s'était fait dézinguer net par le choc d'une carrosserie. Mais ce qui se présentait à nous, cet après-midi-là, ne ressemblait à aucun de ces deux scénarios connus. Il manquait une pièce au puzzle.

— T'es sûre que c'est un chat ? Ça a l'air plus gros.

Personne derrière, personne devant, Anna a ralenti, puis immobilisé la voiture sur le bas-côté, à quelques mètres de la bête. Sans couper le moteur, elle a enlevé sa ceinture et ouvert sa portière. Je l'ai suivie par pure curiosité. Mais avant même de longer le capot, je l'ai entendue pousser un grognement écœuré :

— Pouah, mais c'est dégueulasse !

Pas rassuré, j'ai jeté un œil à mon tour. C'était bien un chat. Mais il était énorme. Sûrement pas un matou échappé d'une maison, on aurait plutôt dit un animal sauvage qui aurait vécu dans les champs et les forêts et qui, à l'air libre, aurait grandi grandi grandi.

N'exagérons rien, c'était pas une panthère non plus.

Ce n'est pas son gabarit qui déclenchait une subite envie de vomir. Manifestement, ce gros visiteur avait tapé contre une voiture qui l'avait décapité illico. On l'aurait passé à la guillotine que ça aurait eu la même allure. Son cou baignait désormais dans une mare sanglante asséchée par le climat hostile.

— Mais comment c'est possible, ça ? ai-je dit. La bagnole qui l'a percuté avait des hachoirs à la place des enjoliveurs ou quoi ?

— Si ça se trouve, c'est même pas un chat, a répondu Anna.

— Qu'est-ce que tu veux que ce soit d'autre ?

À y zieuter de plus près, une multitude d'asticots blanchâtres gigotaient dans le cou du félin. La colonisation était vorace, frénétique. Quelques mouches luisantes et épaisses se joignaient aussi au festin.

— La tête doit pas être loin.

— On cherchera un autre jour, hein. Je vais gerber si on reste plus longtemps.

On est remontés à bord et Anna a redémarré aussitôt. Le temps qu'on arrive à destination, on n'a pas pris la peine de recommencer notre petit jeu, trop secoués par le cadeau de bienvenue.

2.

Ce n'est pas une mégalopole, juste deux rues peuplées de commerces basiques : un PMU, une boucherie, une supérette, un buraliste et un magasin de chaussures pour vieux. Audrey, la sœur d'Anna, nous avait donné quelques indications pour trouver sa maison dans laquelle elle vivait depuis un an et qu'on n'avait encore jamais visitée. À l'image des environs, le bourg semblait plongé dans une sieste proche du coma. Les fenêtres aveugles se succédaient jusqu'au cœur de la commune où la seule trace de vie à cet instant se résumait à ce bureau de tabac, dans lequel s'agglutinaient quatre ou cinq clients.

— Tiens… Ma sœur est là !

J'ai observé avec plus d'attention la file d'attente et j'ai reconnu la silhouette d'Audrey, un petit peu plus grande qu'Anna, plus maigrichonne aussi, même blondeur, mais les cheveux courts quand sa sœur les avait jusqu'aux épaules, physique un peu strict, qui collait bien avec son métier, du moins tel que je me le représentais : instit' de CE1-CE2. Anna s'est garée sur l'une des étroites places vacantes de l'artère. C'est en descendant qu'on s'est aperçus que ma belle-sœur ne discutait pas avec des clients, comme on l'avait cru. En fait de discussion, c'était plutôt une engueulade. On s'est d'abord figés, de surprise. Puis, par un réflexe de solidarité familiale, Anna a pressé le pas pour rejoindre sa sœur qui, tout absorbée par son échange, ne nous avait pas vus. La dame qui l'affrontait avait quoi ? Une trentaine d'années ? Il était difficile de lui donner un âge, pas vieille, mais elle avait les traits épais et marqués, les cheveux noirs comme ses sourcils, broussailleux et surtout froncés par la colère. Un legging pelucheux et un T-shirt Hello Kitty incongru épousaient les formes arrondies de son corps.

— Vous respectez pas les gens, vous respectez pas les gens ! répétait-elle à Audrey.

— C'est ça, c'est ça, a répondu ma belle-sœur pour couper court à l'échange.

— Ma fille, c'est pas une clocharde ! J'vous le garantis, c'est pas une clocharde !

— Personne n'a dit ça, madame.

Le patron de la boutique encaissait un ticket de Black Jack pour un pépé qui tournait la tête vers le spectacle, sans oser la ramener.

— Audrey… Il y a un problème ? est intervenue Anna.

L'institutrice, qui tenait un exemplaire de *Libé*, le seul vendu à la ronde sans doute, a paru surprise de nous voir – le plaisir de se retrouver était parasité.

— Ah, vous êtes là ! Non, aucun problème, madame était en train de partir…

« Hello Kitty » a jeté un œil vers nous, pour jauger les renforts de sa cible, puis a de nouveau fait face à Audrey. Elle hésitait à en remettre une couche, les lèvres prêtes à s'ouvrir bien grandes, mais elle a finalement tourné les sandales. À ses côtés, une fillette de sept-huit ans présentant un fort air de famille la suivait sans mot dire, mais sans se défiler non plus. Sa probable mère a lancé un dernier regard aussi sombre que sa longue chevelure vers ma belle-sœur. Anna l'a dévisagée pour la faire céder. La perturbatrice s'est éloignée avec sa fille, le pas vibrant encore de colère, un paquet de clopes dans la main. Anna a rompu le silence :

— C'est qui cette grosse vache ? Qu'est-ce qu'elle te veut ?

— Pfff, la mère d'une de mes élèves, la petite qui l'attendait…

— Sans déconner ? Qu'est-ce que tu lui as fait à cette gamine ? Tu lui as mis un zéro et « nique ta mère » en commentaire ?

— Je lui ai surtout dit d'être plus soigneuse. Je sais pas si t'as vu la gosse… Fringues sales, ongles pleins de terre ou de crasse, sans compter les bouquins qu'elle rapporte toujours froissés comme si elle les avait fait mâcher par un clébard.

— Oh merde ! Sa mère a l'air susceptible.

— Et encore, je lui ai pas dit que je soupçonnais fortement sa rejetonne de m'avoir volé un stylo auquel je tenais beaucoup. C'est Eva qui l'avait choisi avec moi dans une librairie de Rochefort.

— Quelle peste…

— Les risques du métier, mais n'en parlons plus. Je suis contente de vous voir. Ça va, Gaspard ? Tu as l'air fatigué.

— Non, ça va. C'est parce que j'ai nagé comme un fou.

— Oh, mais quel athlète ! J'espère qu'il te reste un peu de force, la petite pompe énormément d'énergie en ce moment.

— Ah bon ? À ce point ? a demandé Anna d'un air inquiet.

— N'ayez pas peur. On sera rentrés à 23 heures maxi et nos téléphones seront allumés en cas de catastrophe avant !

— J'espère qu'on n'aura pas besoin de vous appeler, a dit Anna.

Au moment de prendre la direction de la maison, j'ai ressenti comme un regard insistant planté droit sur nous. Je me suis retourné. Immobiles sur le trottoir, Hello Kitty et sa fille nous fixaient. J'étais trop loin pour interpréter avec justesse l'expression sur leur visage – qui semblait très moyennement amicale. Mais je suis sûr d'avoir vu ce détail : la gosse m'a tiré la langue. Ça m'a mis mal à l'aise. D'autant qu'un drôle d'effet d'optique m'a laissé croire que sa langue était anormalement longue.

3.

Audrey et son compagnon vivaient dans une maison avec vue sur la rivière qui traversait ce patelin de deux mille âmes environ. Entre les deux passait une rue à sens unique aussi fréquentée qu'un magasin Apple chez les Amish. « Bienvenue chez nous », a dit Anna en ouvrant la grille grinçante qui donnait sur le jardinet. Au centre, deux chaises en plastique promettaient des séances de lecture ou des siestes aux beaux jours. La baraque datait des années 50 et avait gardé une partie de son jus. On avait dû passer une couche de peinture blanche il y a dix ans, sans empêcher des fissures d'apparaître ici et là. Leur tracé se mélangeait à des plantes rampantes que personne ne cherchait à domestiquer. Au rez-de-chaussée, de larges baies vitrées en simple vitrage – les rideaux occultants ne pesaient pas lourd face à la canicule – et à l'étage des fenêtres en forme de hublot de bateau, comme dans toute baraque charentaise qui se respecte.

On savait que l'emménagement avait été compliqué, l'ancien proprio avait caché quelques défauts à la signature du contrat, et notamment une fuite d'eau ravageuse dans la salle de bains, mais après quelques mois, le couple en était venu à bout. On est entrés dans la véranda où une odeur de litière de chat prenait à la gorge.

— Avant que j'oublie, j'ai mis la dose pour Barnie, il ne devrait rien vous réclamer, a précisé Audrey en passant devant un bol plein de croquettes.

À l'entrée de la cuisine, au style rustique rafraîchi d'une peinture taupe sur les murs, côté gauche, un escalier en bois menait à l'étage. On a traversé le rez-de-chaussée pour déboucher sur le salon. Et soudain, à travers la porte ouverte, une apparition : notre « mission » en chair et en os. Une petite blonde, cheveux au carré, un air de gosse sage qui me rappelait ces enfants parfaits qui tournaient dans les films américains des années 80.

— Tu dis bonjour, mon chat ?

Sur son visage, de la méfiance. On s'est accroupis pour ne pas l'intimider.

— Coucou Eva ? Tu nous reconnais ?

Depuis six ans qu'on vivait ensemble, Anna n'avait plus beaucoup de secrets pour moi. Je savais, rien qu'au son de sa voix, à ce tremblement imperceptible pour le commun des mortels, si la confiance lui manquait. C'était le cas. Il faut dire qu'on avait très peu vu cette gosse : une fois au dernier Noël chez mes beaux-parents, une autre fois l'été précédent dans leur ancienne maison et pareil l'année d'avant. Était-ce suffisant pour la rassurer et passer une soirée sans papa et maman, sans crise de larmes ? J'en doutais. Tout à son envie de réussir le « test », Anna s'est approchée.

— Tu joues à quoi ?

Sur la table basse où la gamine était affairée, une poupée et une baguette de magicienne attendaient leur heure.

— Tu vas transformer ton bébé en princesse, c'est ça ?

La petite Eva n'a pas semblé comprendre ce que sa tante lui racontait, mais elle montrait de l'intérêt. Anna s'est approchée encore un peu.

— Il est beau, ton bébé, dis donc.

La blondinette a souri.

— Vui. C'est mon bébé.

Débuts honorables. Aussitôt, Anna s'est détendue et s'est assise en tailleur devant son hôte comme si le reste de l'assistance n'existait plus. Or l'assistance était au complet. Probable qu'Anna n'ait rien remarqué, mais à notre gauche se tenait un type aux yeux cernés, pas souriant pour un sou, qui regardait sans vraiment regarder, la tête ailleurs, l'interaction entre sa fille et sa belle-sœur.

— Salut, David, tu vas bien ?

— Salut, Gaspard. Et toi ?

J'avais peu d'atomes crochus avec lui, on discutait pluie et beau temps. Un peu plus pluie que beau temps. Il n'y avait pas grand-chose qui me reliait à ce restaurateur accaparé par son commerce. À chacune de nos rencontres, il avait toujours un tas d'emmerdements à régler : un serveur à recruter, un prestataire à payer, un bilan comptable à se fader… Rien qu'à voir sa mine, on sentait que l'année avait été compliquée et que l'été n'avait rien de reposant. J'aurais pu me contenter de laisser jouer le spectacle en cours, mais je me suis senti obligé de faire la conversation.

— Alors, ce concert ? C'est la première fois que tu vas le voir en tournée ?

— Ouais, ouais. Oh tu sais, c'est surtout pour Audrey, moi je suis plus rock que variet' française.

— Oui, mais il paraît que ses concerts bougent bien.

— Sûrement. Si je l'entends sur France Inter, je zappe pas, c'est déjà ça.

Derrière lui, deux étagères pleines de vinyles encadraient une platine clinquante. Il suffisait de promener ses yeux pour confirmer ses goûts : Red Hot Chili Peppers, Rolling Stones, Queen…

— Tata, on joue à la ma'chande ?

— Ah, j'allais te le proposer !

L'entraînement suivait son cours.

— Pourvu que ça dure ! a commenté Audrey en croisant les doigts.

— Et ton resto, comment ça va ?

— Je…

Son téléphone a sonné, me sauvant de l'échange qui s'annonçait laborieux.

— Excuse-moi, Gaspard.

Mon beauf' a ouvert la porte vitrée du salon qui donnait sur le jardinet, a refermé derrière lui et fait quelques pas nerveux pour poursuivre sa communication. L'appel l'avait tiré de sa torpeur. Et le simple vitrage vieillot ne masquait pas grand-chose du dialogue.

Pendant ce temps, la tractation commerciale suivait son cours.

— Un euro, madame.

J'ai surpris le regard d'Audrey, qui se tenait au-dessus de sa sœur et de sa fille, plein d'inquiétude, absorbé par les mots de son mari.

— On peut plus continuer comme ça, j'te l'dis, on peut plus conti… Non… Non ! Écoute-moi…

— Vous voulez boire quelque chose ?

Si civile fût-elle, la question d'Audrey visait sans doute plus à camoufler la teneur du coup de fil.

— Un verre d'eau, je veux bien. On a tellement crevé de chaud sur la route que j'ai cru que la bagnole allait prendre feu…

— Ah oui, moi aussi, a dit Anna en déposant une mini-tomate en plastique sur la table basse.

Elle a continué à jouer avec la fillette, dont l'attention commençait à se déplacer vers le jardin.

— Je voudrais une pomme, madame, vous en avez ?

La gamine a hésité, cherché le fruit rétréci, failli prendre la banane et finalement lui a tendu la marchandise.

— Oh, merci, madame !

Revenant de la cuisine avec deux verres remplis dans les mains, Audrey a souri, mais elle avait des ombres grises sous les yeux. Elle semblait à moitié avec nous, à moitié dehors.

— Et maintenant, je voudrais une banane, s'il te plaît.

La petite a avisé l'objet jaune, mais elle s'est mise à bloquer. La voix de son père montait par saccades, « Écoute-moi ! », « Je te dis de m'écouter ! ». Ça devenait envahissant.

— Il vous en reste une, je crois ? a insisté Anna.

Un voile d'inquiétude ou d'inconfort a traversé le visage de l'enfant. On la perdait. Sa mère l'a jaugée pour comprendre.

— Maman… Caca !

— Ah, j'en étais sûre.

Puis elle s'est tournée vers nous.

— Vous savez changer une couche au fait ?

— Euuuh… a répondu Anna en se retournant vers sa sœur. Je veux bien que tu nous montres, quand même.

— Vous allez voir, c'est pas sorcier.

Tandis qu'elle embarquait sa fille dans ses bras, j'ai demandé, comme un nigaud :

— Je viens aussi ?
— Ben évidemment, m'a sommé Anna.

Dans le jardin, ça s'envenimait. « T'as vu les derniers commentaires sur Internet ? On se fait pisser d'ssus, putain… »

Mon beau-frère et ma belle-sœur racontaient à qui le demandait qu'ils s'étaient rencontrés lors d'une soirée dans un bar de La Rochelle. Un mensonge par omission : avant de se retrouver dans ce bistrot, ils s'étaient donné rendez-vous par Internet. Certaines personnes aiment entretenir la magie naturelle du hasard et refusent d'admettre que leur vie serait bien différente sans les algorithmes.

On a retraversé la cuisine et pris l'escalier, à droite, qui montait vers les chambres et la salle de bains. Dans le grincement des marches, Anna a tenté de détendre l'atmosphère :

— Moi aussi un jour, quelqu'un a mis un commentaire de merde sur Google à propos de la bibliothèque en disant que j'étais pas sympa. C'est le problème d'être noté en permanence, c'est pénible, mais faut pas s'arrêter à ça.

— Oh, moi si je m'arrêtais aux commentaires sur mes bouquins… J'aurais plus qu'à en faire un autodafé.

J'ai ri de ma propre blague, mais tout seul. Audrey n'avait pas envie d'en parler.

— Alors je vous montre la technique…

Dans la salle de bains, la table à langer constituait le seul meuble moderne à côté d'une baignoire sabot à l'émail râpeux et d'un bidet encombrant. Sitôt la couche ouverte, un pâté verdâtre s'est présenté à nous, accompagné de son fumet musclé. Audrey a mouillé un carré de coton d'un gel nettoyant et fait disparaître l'œuvre intestinale en trois mouvements exécutés avec une précision épatante. Anna suivait la leçon avec concentration, je jouais le bon élève. Je cherchais un peu son regard pour m'en amuser, sans succès. À la fin de l'opération, Audrey a demandé :

— À propos, il est quelle heure ?

— Bientôt 19 heures.

— Oh merde, faut qu'on y aille.

On est descendus plus rapidement qu'on était montés. En bas, David avait fini sa conversation et fumait une clope dans le jardin, perdu dans ses pensées. Anna et Audrey ont marqué une étape dans la cuisine pour un briefing bouffe en prévision de ce soir. Je me suis senti obligé de renouer le fil avec mon beau-frère.

— Ça va ? Petits soucis avec le resto ?

— Ouais, ouais… C'est compliqué en ce moment.

— Tu l'as laissé à tes associés pour souffler un peu ?

— Souffler… a-t-il repris avec un rictus aussi ironique que méprisant.

La vie d'entrepreneur, les recettes de la caisse ou celle du chef cuisto étaient loin de moi ; un jour il avait promis de nous inviter à manger des fruits de mer dans son établissement, mais les paroles étaient restées en l'air. Conscient d'être à la limite du correct, il a essayé de corriger le tir :

— Et toi, t'es sur un bouquin ?

— Oui… Les Mémoires de Lamina. Tu connais ?

— Lamina ? Non, c'est qui ?

— Une influenceuse. Elle fait des vidéos sur Insta pour inciter les jeunes à s'engager en politique. C'est une pupille de la nation qui a grandi dans les quartiers populaires.

— Ah, c'est bien… S'engager pour qui ?

— Pour personne, juste s'engager.

— Ah.

— Elle passe pas mal à la télé, dans les émissions sur C8…

— Je regarde pas trop la télé… Elle a quel âge ?

— Vingt-huit ans.

— C'est pas un peu jeune pour écrire ses Mémoires ?

— C'est une façon de parler. C'est plus un témoignage que des Mémoires.

— Ah.

Je sentais qu'il n'en avait rien à foutre et je ne lui en voulais pas. Ce genre de bouquins n'avait rien de passionnant, mais ça me permettait de vivre. J'expédiais la commande en trois après-midi d'interviews – souvent écourtées d'ailleurs, puisque ni la starlette ni moi-même n'étions très impliqués dans la tâche. Je réécrivais le tout en appuyant sur les valeurs habituelles que l'éditeur et les lecteurs attendaient : le sacrifice, le mérite, la famille et mon cul sur la commode. Ce boulot avait l'immense avantage de m'éviter la vie de bureau en me laissant un peu de liberté pour finir mon roman à côté. L'histoire d'un chômeur en fin de droits qui trouve un moyen de remonter le temps pour se venger des bourreaux qui l'ont harcelé à l'adolescence. Je piétinais depuis six mois au chapitre 9 – celui dans lequel le héros se fait embaucher comme pion dans son ancien collège – à la recherche d'un rebondissement.

Mon beauf' a tiré une nouvelle latte, son front luisait sous la chaleur, décuplée par son énervement. Il a consulté sa montre, une Rolex, cadeau d'anniversaire exceptionnel pour ses quarante ans, qui ne reflétait pas ses vrais moyens. Toute la famille s'était cotisée pour la lui offrir.

— Merde, faut qu'on y aille.

Il a écrasé son mégot dans un cendrier de fortune posé sur le rebord de la fenêtre, puis m'est passé devant pour finir de se préparer. C'est là que j'ai senti son haleine. Il puait l'alcool.

4.

À l'écart des regards masculins, Anna et Audrey avaient transformé leur topo en discussion plus intime. Lovée dans les bras maternels, Eva les laissait causer, apaisée par sa couche propre. Devant elles, sur le mur du salon, une photo de leur mère, immortalisée dans le jardin familial, sourire comblé d'un après-midi d'été, sous un soleil moins hostile qu'aujourd'hui.

— Ah, je la cherchais, cette photo !

— Ah oui ? Je l'ai retrouvée dans un vieux carnet, un jour en triant des papiers.

— Elle est si jolie… Je me souviens que, ce jour-là, elle était contente, elle venait de gagner un concours de contes pour enfants à la médiathèque.

— Oui, c'était au moins sa troisième tentative, je crois. Qu'est-ce que c'était, déjà, le titre ?

— *Les Aventures du chat potelé.*

Le même sourire s'est affiché simultanément sur les deux visages, dans un tendre silence. Puis Anna a repris la parole :

— Tu penses souvent à elle ?

— Chaque jour, oui. Et toi ?

— Moi aussi. Je regrette tellement que la petite l'ait à peine connue.

Je me suis dit que c'était mieux que de ne pas l'avoir connue du tout. Je suis sûr qu'Anna se disait la même chose. C'est vrai, on s'y prenait un peu tard.

On avait une vague excuse : on ne s'était rencontrés que cinq ans plus tôt à la bibliothèque. Je menais des recherches studieuses sur un sujet auquel je ne connaissais rien – le catholicisme – pour préparer les Mémoires, enfin disons le témoignage, d'un jeune curé engagé contre le racisme, tandis qu'elle tenait le registre des prêts. Je l'avais repérée dès ma première venue et j'étais revenu trois-quatre fois avant d'oser échanger le moindre mot. Un sourire évasif partagé d'abord, le cœur battant la chamade, et puis la fois d'après, maladroits et gros sabots, faire semblant de chercher un bouquin au rayon où elle en rangeait d'autres, moi tentant une plaisanterie sur l'étroitesse des allées. Et puis un rire de politesse de sa part, et puis quelques mots de plus, et puis un sourire en retournant chacun à son occupation, et puis faire semblant encore de partir en même temps, et puis prendre le bus ensemble, tiens, on va dans la même direction (absolument pas, j'habitais à l'opposé, mais j'ai prétendu aller faire des courses dans son quartier) et au moment de descendre, s'échanger nos numéros. L'acte de bravoure de ma vie, le seul. Et comme chantait Brel : « Et nous voilà ce soir… »

— On y va, Audrey ?

À voir son teint jaune, David passait en direct de l'énervement au coup de pompe. Il aurait sans doute préféré s'affaler dans son canapé plutôt que de risquer de s'esquinter les tympans. Audrey a posé sa fille au milieu de ses jouets.

— Allez, chérie, maman et papa reviennent très vite, tu restes avec tata et tonton…

Elle l'a câlinée en caressant ses épaules, « Tu es sage avec eux, hein ? », puis a fait un geste discret à sa sœur en chuchotant, à peine plus haut qu'en langage des signes :

— Joue tout de suite avec elle, ça va la distraire.

Anna ne s'est pas fait prier pour attraper le premier ours en peluche à sa portée. J'ai raccompagné les jeunes parents sur le seuil. En passant devant la gamelle pleine du chat, Audrey a commenté :

— Il devrait pas tarder à se pointer, lui, de toute façon, il fait sa vie… (Arrivé au niveau de la grille d'entrée, David s'est traîné comme un automate rouillé vers leur voiture tandis qu'Audrey est restée un instant, pensive.) J'ai l'impression d'oublier quelque chose…

Pas pensive, à bien y regarder. Anxieuse.

— De toute façon, au moindre problème, vous m'appelez.

— T'inquiète pas, on va s'en sortir.

À quoi pouvait-elle bien réfléchir, avec ses sourcils froncés et ses yeux perdus ?

— Bon ben… À tout à l'heure…

Cette sensation d'entrer dans une serre en mettant un pied dehors était toujours aussi pesante. Et la rivière, qui longeait la rue devant la maison, toujours aussi basse. Au loin, droit devant, on distinguait des sous-bois jaunis par le climat, des arbres décharnés et des chemins secs. On se serait davantage cru dans un pays désertique qu'en Charente-Maritime. S'il y avait eu des animaux dans cette forêt, ils avaient dû se faire la malle. S'il y avait eu des habitants dans ce patelin, ils avaient dû les imiter. Quand la voiture de ma belle-sœur a mis les gaz, je me suis senti seul au monde.

5.

À notre agréable surprise, la première demi-heure s'est passée sans encombre. La gosse a demandé une seule fois « Elle est où maman ? », et quand Anna lui a répondu « Elle revient très bientôt », elle n'a pas insisté. Anna lui a lu les aventures de Petit Ours Brun (achète du pain), je suis devenu cinq minutes le patient du Dr Eva et me suis fait administrer pas moins de dix piqûres. Avant d'entreprendre la onzième, la gamine a montré des signes de lassitude et préféré s'avancer vers la porte-fenêtre donnant sur le jardin. Elle a répété un truc du genre « Yahou » en désignant quelque chose dehors. Mais on n'a rien vu d'autre que les chaises en plastique tiédies et l'herbe roussie où gisaient une pelle et un râteau de plage.

— Yahou ?

Anna a chuchoté :

— Elle cherche sa mère ? Ou alors elle a faim ? T'as faim ? Tu veux un yaourt ?

— Yahou ?

Anna a percuté en premier.

— Miaou ! Barnie, le chat ! Tu veux aller jouer avec le chat ?

— Voui.

On l'a laissée sortir sans la lâcher d'une semelle.

— Tu crois qu'on devrait lui mettre de la crème solaire ? ai-je demandé.

— À cette heure-ci ? Non mais franchement, faut vraiment être hypocondriaque comme toi pour penser un truc pareil.

J'ai regardé mes pompes. On n'a pas vu le matou, mais la fillette n'a pas semblé contrariée. Elle s'est emparée de la pelle qui gisait au sol pour donner des coups au plancher des vaches, ravie de cette nouvelle activité. On en a profité pour s'asseoir sur le petit banc en ferraille, chiné dans un Emmaüs ou une brocante, calé contre la maison. On a parlé moins fort.

— Tu l'as trouvée en forme, ta sœur ?

— Pas trop. Fatiguée, non ?

— Oui, je me suis fait la même réflexion.

— Lui, c'est pire… Il a pas l'air bien du tout, il a pris un sacré coup de bambou.

— Ouais. Il avait bu.

Anna s'est dressée.

— Comment ça ?

— Il sentait l'alcool.

— Ah… Peut-être qu'il avait pris une bière. Ça t'arrive aussi, non ?

— Non, il sentait l'alcool fort. Whisky ou un truc comme ça.

— Ah bon ? J'espère qu'elle ne lui a pas laissé le volant.

À une dizaine de mètres devant nous, la petite se racontait des histoires dans une langue qui nous échappait.

— C'est depuis la mort de maman qu'Audrey a l'air fatiguée.

— Normal, faut du temps…

— Et moi, tu me trouves fatiguée ?

— Non, mon amour. Tu es forte.

La perte de sa mère avait fait de la maternité sinon son obsession, du moins le premier de ses soucis. Avant, c'était dans l'air, diffus, discret, mais maintenant, c'était comme un éléphant qui nous dévisageait au milieu de chaque pièce où on mettait les pieds. On est restés quelques minutes assis, comme ça, sans trop parler, à sourire à l'enfant qui ne nous regardait pas. J'ai caressé la main d'Anna, on n'était ni tristes ni insouciants, l'été nous laissait un peu de répit.

— Heureusement que t'étais là, chéri, m'a souri Anna, avec cet air grave qu'elle prenait quand il s'agissait des choses sérieuses.

— Yahou, yahou.

Eva avait vu un truc dans l'herbe, de l'autre côté du jardin, contre le haut mur de pierre qui le séparait de la maison voisine. Du doigt, elle nous montrait une vague forme aplatie au sol.

— Barnie est dans le coin, Eva ?

On s'est levés. Anna était plus rapide que moi.

— OH PUTAIN !

Anna a bondi en arrière, le corps tout entier crispé par une mauvaise surprise. J'ai sursauté et reculé d'un pas.

— Quoi, qu'est-ce qu'il y a ?

— Un… Un…

L'enfant se tenait toujours au même endroit, tranquille, et ne semblait pas comprendre notre réaction.

— Un serpent ! Y a un serpent contre le mur !

— Merde… Mais c'est… quoi comme serpent ?

— Je sais pas.

— Eva ! Viens ! Viens !

Mais elle n'avait aucune envie de revenir sur ses pas. « Yahou ! » a-t-elle souri.

Quelque chose ne collait pas. Je me suis risqué à approcher, moite de la tête aux pieds.

L'herbe cachait en partie la créature. Ce qu'il en restait était cylindrique, charnu. Immobile.

— Il est mort…

Un pas supplémentaire. Le serpent était jaune-beige avec des rayures noires et son corps s'enroulait en deux boucles jusqu'à la tête… qui n'était plus là. On l'avait décapité. Comme ce chat bizarre sur la route. Décidément, c'était une soirée à thème.

— Bon ben… Là, c'est sûr, il bougera plus.

Anna était ophiophobe. Je connaissais le mot depuis que j'avais écrit les Mémoires de Mareva Fernandes, une influenceuse du monde du trekking qui culminait à un million d'abonnés sur les réseaux sociaux (et se scarifiait les bras quand elle avait cinq minutes, mais ça n'était pas dans le bouquin). Elle avait crapahuté aux quatre coins du monde en réussissant notamment à dompter sa peur des serpents – donc. Une victoire personnelle que n'avait pas encore expérimentée Anna. À peine avait-elle vu l'animal qu'elle avait bondi avec Eva à l'autre bout du jardin.

— T'es sûr qu'il est mort ? a demandé Anna d'une voix au bord des larmes.

— Oh, oui ! Quelqu'un lui a réglé son compte.

— Yahou, a répété la petite, les mains s'agitant de gaieté.

— Il est fort, ce Barnie, ai-je souri.

— Si ça se trouve, y en a d'autres, a dit Anna.

— Mais non, mais non… Et puis « Yahou » doit monter la garde quelque part.

— Je vais faire à manger, je veux plus mettre les pieds dans ce jardin.

J'ai jeté un dernier coup d'œil au serpent. Ne me demandez pas ce que c'était, je n'y connais rien. Je me suis dit que si c'était bien le chat qui l'avait becté net, il avait peut-être pris du venin dans la bataille. Et peut-être s'était-il caché pour mourir. Où était ce foutu Barnie ?

— Yahou, yahou, yahou, a ri la gamine.

— Oui, ben ce serait bien qu'il se pointe, le gros pépère. Histoire qu'on le remercie.

— Yahou !

Cette fois, le cri de la petite a résonné différemment. C'était moins celui de l'amusement, davantage celui de la surprise. Elle avait toujours son index tendu. Elle ne désignait pas le serpent… mais le chat. Il était là, perché sur le muret délimitant le jardin côté rue. Un beau chat blanc, angora, me semblait-il, même si mes connaissances félines étaient à peine plus poussées qu'en matière de reptiles. Beau et propre. Pas une goutte de sang sur le pelage, pas un signe de paralysie. En pleine forme.

— Alors c'est toi le héros du jour ?

J'ai approché ma main avec prudence. Il s'est laissé caresser et a ronronné.

— T'auras bien mérité tes croquettes.

6.

— Ma sœur nous a préparé une tarte tomate-chèvre.
— Miam.
— Tu peux la faire réchauffer pendant que je donne à manger à la petite ?
— OK, je m'en occupe.

Tandis que je glissais deux généreuses parts dans le four à micro-ondes, Anna a installé sa nièce dans sa chaise haute, dans la salle à manger, puis s'est assise à côté d'elle. Repas du soir : purée de courgettes. Comme sa sœur, Audrey était plutôt branchée bio et pas du genre à tolérer ce que nos parents permettaient sans scrupule avec nous : les bonnes grosses cochonneries acidulées et chocolatées, de la petite enfance jusqu'à la majorité. Eva avait la dalle et dégommait son repas.
— Bon ben, je vois que tout roule.

— Je touche du bois, mais c'est une crème, cette enfant.

Le temps que la tarte chauffe, j'ai laissé traîner mes yeux sur une étagère contre le mur, pleine à ras bord de DVD. François Truffaut, Woody Allen, Alain Resnais. Pas une comédie française ni un film d'action.

— Ils sont critiques à *Télérama*, ou quoi ?

— Je te rappelle qu'ils vont voir un concert organisé par France Inter ce soir. Ça fait des années qu'Audrey ne change pas de station radio.

— Elle avait pas l'air très France Inter, face à la mère de l'élève tout à l'heure…

— Que dois-je comprendre de ce jugement de valeur ? a répondu Anna en surjouant les gros yeux alors qu'elle n'en pensait pas moins.

— Non non, rien rien… Juste qu'il aurait pas fallu trop la pousser pour qu'elle nous chante un couplet moyennement de gauche sur les familles de pauvres.

— Pfff, c'est pas parce que cette mère était pauvre qu'elle était givrée. Et c'est pas parce que les gens sont pauvres qu'on n'a pas le droit de leur dire qu'ils sont cons, accessoirement.

Je cherchais un truc à lui répondre, mais alors que je replaçais un DVD dans sa rangée (Almodóvar), une feuille de papier pliée en quatre s'est échappée de sa cachette. Je l'ai ramassée sur le vieux parquet.

Quelques mots étaient tracés au feutre noir, d'une écriture raide, agressive, on pouvait presque entendre une voix hargneuse nous l'éructer aux oreilles :

« J'ESPÈRE QUE TU CRÈVERA EN ENFERE »...

À côté, le dessin d'un bonhomme pendu devant une maison. Le bonhomme se réduisait à une tête ronde avec un trait noir pour le corps et un autre pour chaque extrémité. Et la maison à un triangle posé sur un carré baveux aux angles, avec un petit rectangle devant, le jardin je suppose. Il y avait quelque chose d'enfantin dans le trait, mais alors un enfant qui méritait de voir un bon pédopsychiatre. Ou bien un adulte qui aurait mieux fait de consulter avant.

— Bordel de merde ! Regarde ce que je viens de trouver.

Anna donnait une nouvelle cuillerée à sa nièce quand elle s'est retournée vers moi.

— Mais dis donc, t'aimerais qu'on fouille dans tes affaires ?

— Primo j'ai pas fouillé, et deuzio je te jure que ça vaut le détour.

Je lui ai présenté la feuille dépliée. Anna a ouvert grands ses yeux.

— C'est quoi ce truc ?

Je suis revenu sur mes pas, à la recherche de pièces à conviction complémentaires. J'ai dégagé une poignée de DVD à l'endroit d'où la feuille avait surgi. Une chemise en papier recyclé prenait la poussière. Dessus, trois lettres : « CAM ».

Comme Camille ? Un enfant caché qui avait viré barjot ? Mon cerveau s'est mis à surchauffer. C'était trop tentant. Je me suis exonéré de l'autorisation d'Anna. À l'intérieur, deux autres documents, imprimés ceux-là. L'un m'a plus interpellé que l'autre.

C'était un courrier, daté du mois de mai et adressé à David. Une convocation à la gendarmerie du coin au motif qu'il était visé par une plainte pour « violences et menaces de mort ». Le plaignant s'appelait « Franck Russo ». Je suis resté scotché un moment, histoire d'être sûr de ce que je lisais. Et de ne pas confondre le plaignant et l'accusé. Mais non, c'était bien ça. Mon beauf' avait de plus gros problèmes que je ne l'imaginais.

— Qu'est-ce que t'as trouvé ? a demandé Anna, oubliant ses préventions sur la vie privée.

Mais cette fois la gamine a émis un son de protestation pour réclamer sa cuillerée.

— Eh !

— Attends, attends, je regarde tout…

L'autre feuille était un relevé de compte – non pas celui de leur épargne, mais celui de la trésorerie du restaurant. C'était simple à comprendre, même pour un profane comme moi : elle était dans le rouge. Les fruits de mer prenaient l'eau.

— Putain, ça va pas fort le resto du beau-frère…

— Mais allez, dis-moi ! C'est quoi ?

— Ses comptes.

— Oh merde ! Je comprends mieux sa réaction tout à l'heure.

— Et y a une plainte aussi !

— Hein ?

— Attends une seconde…

J'ai pris mon téléphone et cherché le nom de Franck Russo dans mon navigateur Internet. Le type comptait quelques homonymes. J'ai affiné la recherche, mais en ajoutant le département, on tombait sur la page d'un réseau social, où il avait renseigné son parcours professionnel.

— C'est quoi déjà, le nom du resto de David ?

— Euh… Merde, j'ai un trou…

— Les Grandes Marées ?

— Non… Le Grand Large ?

— Ah, merci !

C'était le dernier employeur de ce Russo, mais si j'en croyais ce qui était écrit, la collaboration avait pris fin en avril. Soit peu de temps avant la convocation chez les pandores.

— Allez, vas-y, dis-moi ! Tu m'inquiètes avec cette histoire de plainte.

— Ton beau-frère est visé par une plainte pour violences et menace de mort par un ancien employé…

— Tu déconnes ?

— Non, je te jure, regarde.

J'ai tendu la preuve, et même si Eva a émis une autre onomatopée d'impatience, la cuillère d'Anna s'est arrêtée en plein vol.

— Mais c'est quoi, cette histoire ? J'ai du mal à comprendre.

Je suis resté bloqué sur la première pièce de puzzle, le dessin du pendu. Puis une idée m'a traversé l'esprit.

— Tu crois que c'est ça, la menace de mort en question ? ai-je demandé en livrant la feuille à Anna.

Sa main a dirigé la cuillère en pilotage automatique vers la bouche de sa nièce tandis que ses globes oculaires étaient prêts à jaillir sur le croquis de sale gosse. Elle a rompu le silence en posant une bonne question :

— Tu crois vraiment que David écrit « enfer » avec un *e* ?

— Ouais, ça me paraît bizarre… Plus que « crevera » sans S. Mais je connais pas sa moyenne en dictée.

— Audrey ne m'a jamais parlé de problèmes avec la justice. Ça m'inquiète encore plus.

— A priori, il est pas en taule, hein…

— Encore heureux.

— Ou alors il est en permission ce soir.

— Pff, t'es con.

Eva a commencé à gémir. Anna s'est dépêchée de la nourrir.

— Pardon, pardon ma chérie.

— C'est plus France Inter, là, c'est Crime et Chanson.

— Très drôle, Laurent Ruquier ! Attends, si ça se trouve, le mec, là, Rousso, Russo… il s'est juste fait virer et il veut se venger.

— Remettre en cause la parole d'un plaignant, pardon, d'une victime, Seigneur… Cette famille n'est définitivement plus France Inter.

— Mais arrête avec ça, t'es lourd. Ça me fait pas rire, c'est ma famille.

— Pard…

On a sursauté tous les deux. Eva venait d'attraper un couteau pointu avec lequel j'avais découpé la tarte.

— Donne-moi ça ! (Anna a arraché l'arme de sa petite main. La fillette n'a rien compris et, du coup, s'est mise à pleurer.) Pleure pas, chérie, pleure pas.

Tout en essayant de la calmer, Anna m'a lancé un regard noir. J'ai haussé les épaules. On était fautifs tous les deux. L'entraînement connaissait un premier loupé.

Eva avait fini de manger. Mais pas de pleurer. Les larmes de surprise étaient devenues des larmes de colère. Anna l'a prise dans ses bras en la berçant sur l'air de « À la claire fontaine ». Pour me faire pardonner, j'ai attrapé un ours en peluche et je l'ai agité sous son nez.

— Regarde le beau nounours. Il veut pas que tu pleures, le beau nounours…

Peine perdue. Anna commençait à s'inquiéter.

— Elle est peut-être juste fatiguée, non ?

— Peut-être.

— Tu veux faire dodo, mon ange ?

— Naaaaaaaaaan, a répondu la fillette, laissant peu d'espoirs quant à la quiétude du coucher.

Anna a scanné la pièce, en quête d'une solution, avant de tendre sa main vers un livre de Petit Ours Brun (et son petit chat). Elle s'est assise sur le canapé débordant de coussins douillets en plaçant l'enfant sur ses genoux.

— Regarde… On va lire un peu… Tu la connais, cette aventure ?

Mais rien n'y faisait. Eva continuait de verser toutes les larmes de son corps. Elle virait rouge écarlate et se débattait. Comme Anna essayait de maintenir la position, la gosse lui a envoyé une tarte en pleine figure. On a retenu tous les deux un petit cri de surprise. Le rouge contaminait à présent le visage d'Anna. Pas celui de la colère, mais de l'embarras. Voire de la panique. J'ai bondi sur deux crayons de coloriage qui traînaient sur la table basse.

— Et ça, Eva ? Tu aimes dessiner ?

Pas le moindre effet sur sa grosse colère, j'étais invisible et inaudible. Anna a esquivé une deuxième baffe. Elle s'est redressée en calant sa nièce contre elle et en chuchotant tout près de son oreille :

— Ça va, ma belle, t'inquiète pas, tout va bien, tout va bien...

Tout n'allait pas bien. Eva commençait même à tousser, à force de pleurer. Il fallait agir, mais les idées nous manquaient et la fébrilité gagnait du terrain. Anna évitait de me regarder, elle savait qu'elle ne trouverait rien pour se rassurer dans le blanc de mes yeux.

— Bon, on va aller marcher un peu.

— T'es sûre ? ai-je demandé.

— Oui, j'ai entendu ça dans un podcast. Y a des enfants qui s'endorment en deux secondes dans une poussette.

J'ai acquiescé en priant pour que les podcasts disent vrai. J'ai rouvert la porte-fenêtre donnant sur le jardin.

— Non, pas ici, a dit Anna.

Par un réflexe tardif, j'ai scruté l'herbe à la recherche d'un nouveau serpent. Le terrain était dégagé.

— On va longer la rivière, ça lui fera du bien.

Anna a tenté de mettre la gamine dans sa poussette, mais celle-ci a agité les bras et les jambes, petit bloc de rage, pour bien nous faire comprendre que l'idée puait l'échec.

— Je vais la prendre dans mes bras, mais on se relaiera.

— Bien sûr, chérie.

La rivière délimitait le centre du bourg et filait sous un long et grand pont surplombé d'armatures métalliques qui lui donnaient des airs de chemin de fer du Far West. Un grand panneau fier à l'entrée du patelin annonçait son classement comme monument historique. En temps normal, ce ne devait pas être une balade désagréable. Mais, le maigre débit faisait peine à voir. Autour, la plupart des maisons somnolaient dans la chaleur tout juste déclinante du soir d'été. Des télévisions bourdonnaient derrière certains volets entrouverts. D'après Audrey et David, la plupart de leurs voisins étaient retraités, quelques baraques faisaient office de résidences secondaires, parce que l'océan n'était pas si loin et le prix de la pierre moins cher ici que dans les stations prisées des touristes.

La fillette pleurait encore.

— Tu vas réveiller tout le quartier, Evita…

— C'est bon, il est 20 heures.

— Attends, c'est pas fini.

À chaque pas ou presque, je sentais un moustique assaillir ma nuque ou mes bras. Avec une météo pareille, on n'aurait même pas été surpris d'apprendre aux infos qu'une nouvelle espèce tropicale prenait ses quartiers sur la façade atlantique. Je tentais d'en claquer un de temps en temps, attirant le regard interrogatif, mais pas plus tranquille d'Eva. Sur le pont au loin, une trace de vie s'est enfin manifestée : une silhouette masculine avançait à pas lents. Un petit vieux en balade, sans doute.

— Elle est lourde… Tu veux pas prendre le relais ?

— Bien sûr que si.

La nièce a résisté.

— Non, pas tonton.

J'ai réussi à la caler contre mon épaule.

— Comment ça, pas tonton ? Tu m'aimes pas ?

— Nooooon.

Anna s'est retenue de rire.

— Elle fait sa grosse colère.

— Tu penses qu'il faut lui faire faire son rot ?

— Mais enfin, c'est plus un nourrisson. T'y connais vraiment rien, toi.

— Ah merde, je croyais.

— En revanche…

Anna s'est approchée et a mis son joli nez à hauteur de la couche d'Eva.

— Oh, mais la purée est déjà descendue. Faut qu'on la change.

— Ah bah tu vois, c'est peut-être juste ça.

— J'espère…

Les cris viraient aux petits sanglots. Et les petits sanglots s'espaçaient de plus en plus. On a écourté la balade pour regagner la salle de bains, à l'étage. Anna a posé l'enfant, qui ne pleurait plus et bâillait toutes les trois minutes, sur la table à langer garnie de couches et de carrés de coton. Elle a commencé à déboutonner le body de sa nièce, puis m'a jeté un regard de prof.

— Tu te souviens de ce qu'a montré ma sœur ?

— Euh… Je veux bien que tu le refasses une fois, quand même.

— C'est bien ce qu'il me semblait, t'étais pas concentré.

— Mais si…

Anna a reproduit les gestes d'Audrey, manquant un peu d'assurance et hésitant parfois, mais appliquée. Pendant ce temps, je caressais la joue de la fillette. Elle a lâché un rot bien sonore.

— Alors, ça va mieux, hein ?

Elle suçait son pouce en rêvassant, tranquille.

— Je te laisse jeter la couche…

Je me suis exécuté.

— Mince, le bac est plein.

— J'ai repéré des sacs-poubelle sur le lavabo derrière.

Je me suis dirigé vers le meuble quand une image subliminale s'est intercalée dans mon esprit. Mes mains se sont gelées sur la couche usagée. C'est en passant devant la fenêtre donnant sur la rue que la vision s'était invitée. Je me suis posté devant la lucarne.

— Chérie…

— Quoi ?

— Y a un type bizarre en bas.

On aurait dit une sorte de vagabond. Il se tenait sur le trottoir, côté rivière. Grand et maigre, le dos voûté, un chapeau de paille sur la tête duquel s'échappaient des cheveux longs et blancs. À cette distance, son visage était flou, mais je le devinais émacié, anguleux. À mesure que mes yeux faisaient le point, mon sentiment premier se confirmait.

— Il me regarde.

— Ah bon ? Mais il a quelle tête ?

— Un clochard.

— Il… Il a l'air d'un pervers ?

— J'en sais rien.

C'était le type que j'avais vu marcher sur le pont. Il était venu jusque-là. À son rythme. Comme si la maison l'avait aimanté. Ou comme s'il nous avait suivis.

— Mais pourquoi il bouge pas, ce con ?

— Ça commence à bien faire, les surprises.

Il me foutait les jetons. Mais ce n'était pas le moment de l'avouer. Il ne souriait pas, il ne serrait pas les dents non plus. Il n'avait pas l'air givré. Mais déterminé. Je me suis approché de la fenêtre. Il ne baissait toujours pas les yeux.

— Qu'est-ce qu'il fait ?

— Ben rien, justement… Il me fixe.

Après un moment d'hésitation, j'ai ouvert la fenêtre.

— Vous… Vous cherchez quelque chose, monsieur ?

Il n'a pas bougé. Une statue. J'ai répété plus fort :

— Vous cherchez quelque chose, monsieur ?

Cette fois, il a baissé le regard. Mais lentement. Aussi lentement qu'il marchait sur le pont. Ses yeux avisaient maintenant le jardinet. À se demander ce qu'il avait en tête. Il a mis un pied devant l'autre. L'hypothèse qu'il veuille entrer prenait sévèrement forme. Cette simple idée m'a foutu les chocottes. S'occuper d'une fillette de deux ans, c'était déjà costaud, mais s'il fallait en plus affronter un rôdeur, on changeait de dimension, je réclamais un avenant au contrat et une prime de risque.

L'épouvantail a traversé la rue pour s'approcher de la maison. Je l'ai suivi du regard. Il s'est posté devant la grille.

— Oh, vous faites quoi, là ?

La frousse naissante me privait de mon sang-froid. Il a levé sa main comme pour caresser la grille. S'est immobilisé à nouveau – une éternité. Avant de faire demi-tour en direction du pont. Jusqu'à disparaître de mon champ de vision.

Derrière, Anna avait calé par réflexe la gamine contre elle, comme si elle se cramponnait à un doudou. Laquelle des deux était censée rassurer l'autre ?

— Il est parti, mais je vais quand même jeter un œil en bas.

— T'es sûr ? Fais attention…

Je suis descendu, le cœur trop rapide et trop bruyant. En passant devant l'égouttoir de la cuisine, j'ai hésité à prendre un couteau. J'ai renoncé en me promettant de me tenir suffisamment à distance, quoi qu'il arrive. Le jardinet était désert. Pas de Barnie pour décapiter un nouvel intrus. Je me suis collé à la grille pour regarder la rue. Plus personne. Ni d'un côté ni de l'autre. Le type avait beau marcher lentement, il avait réussi à s'évaporer. Je suis resté un instant à surveiller. Puis j'ai laissé échapper un petit cri ridicule en entendant un bruit. Un miaulement, pour être précis. Barnie venait d'apparaître à mes pieds.

— Putain, tu m'as fait peur !

Il a miaulé à nouveau.

— Bon, tu continues de monter la garde, hein ?

Anna s'était réfugiée dans le salon avec l'enfant, à qui elle avait enfilé un fin pyjama crème.

— Alors, tu l'as fait dégager ?

— Il était déjà parti. Chelou, ce mec.

— Je vais lui lire une histoire, ça la fera peut-être D.O.R.M.I.R.

— Tu veux que je le fasse ?

— Je commence la première, on verra si y a besoin d'une deuxième…

Anna a posé Eva devant un chariot à l'effigie de Sophie la girafe, rempli de bouquins pour gosses.

— Allez, choisis une histoire, Evita.

Sans hésiter, elle a attrapé une aventure de Petit Ours Brun (se baigne dans la mer) et l'a donné à sa tante. Elles se sont assises dans le canapé et

Anna a commencé son récit, en y mettant le ton qu'il fallait, comme si jouer avec une pelle et un seau relevait pour l'ourson d'une expédition magique et inédite. En réalité, on devinait que la petiote la connaissait par cœur. À l'avant-dernière page, le miracle est arrivé : Eva a commencé à se frotter les yeux. Anna a sauté sur l'occasion.

— T'as sommeil, Eva ?

Pas de réponse, mais la lourdeur des paupières suffisait.

— On va faire dodo ?

— Noooon…

Faux départ. On se doutait que l'étape suivante serait compliquée à atteindre.

— Bon… Alors je lis une autre histoire ?

Elle a approuvé de la tête, mais ça lui demandait un effort.

— C'est tonton qui la choisit ?

Pas de refus, qui ne dit mot consent.

J'ai pioché dans sa collection une autre histoire de Petit Ours Brun (s'est cassé le bras). Ça semblait lui plaire.

— Tu veux que Tonton la lise ?

Léger « oui » de la tête. Anna a collé la fillette sur mes genoux, dans le canapé. Ses petites jambes, ses petites mains qui me faisaient l'honneur de leur confiance, agrippées à mes bras, allaient finir par me convaincre que la paternité était une idée envisageable.

Je m'y suis collé en m'appliquant. À mon tour de faire du gadin de l'ours une symphonie captivante. Pas trop quand même, le but était de l'envoyer au pieu fissa. Je n'ai pas eu à atteindre la moitié du livre, notre nièce s'est frotté les yeux plus longuement encore et a bâillé bien fort.

— Allez, Eva, on va au dodo, t'es fatiguée, ma puce…

Cette fois, Anna ne cherchait pas son assentiment. Elle l'a prise dans ses bras, s'est levée en direction de l'escalier. J'ai suivi le mouvement à pas de loup.

Les marches ont craqué si fort, de tout leur âge canonique, qu'elles auraient pu requinquer Eva. En haut à droite, face à la salle de bains, un couloir menait aux chambres. Ça sentait la poussière et l'araignée. Anna a ouvert la première porte en laissant la lumière du couloir éclairer la pièce. La chambre d'enfant. L'ex-chambre d'amis. La fameuse pièce qu'on met neuf mois à aménager. Neuf mois à peindre. Neuf mois à décorer. Le tout avec un sourire filtré par Instagram et une bande-son de comédie romantique américaine. En tout cas, c'est comme ça qu'on nous le vendait, de pubs en films. Rien n'y manquait : un lit à barreaux, une autre table à langer, une étagère débordant de jeux en bois, un pouf sur lequel trônait un gros ours en peluche, entouré de poupées comme Claude François de ses Claudettes, une petite tente circulaire faisant office de cabane ou d'igloo, des étoiles fluorescentes collées au plafond. Au sol, un bordel raisonnable peuplé de livres musicaux déchirés et de bidules en plastique, vestiges d'un ancien jouet, qui ne retrouveraient jamais leur vocation d'origine.

C'était beau mais en revanche, on étouffait, comme dans une chambre de bonne à Paris en 2003. Comment cette gamine pouvait bien y trouver le sommeil ? Mais peut-être qu'une légère oppression de ma poitrine, une fine angoisse, une menue névrose faisait grimper artificiellement mon thermomètre personnel. Pas une seule fois dans ma vie je n'avais réussi à monter un meuble qui ne soit pas bancal. Comment pourrais-je y arriver avec une table à langer ?

— Faudrait aérer, non ? ai-je chuchoté.

Anna m'a répondu d'une moue fataliste, la gosse devait être habituée à cette étuve.

— On va la laisser dormir en body, ça ira.

Son lit avait encore ses barreaux. Avec douceur, Anna a posé sa nièce sur le drap, puis retiré son pyjama.

— Oh, qu'est-ce qu'on doit bien dormir là-dedans, a-t-elle soufflé, comme pour abattre un dernier argument au cas où.

À peine la petite couchée, j'ai entendu comme un grincement. Mais qui ne provenait pas du lit. Ni du parquet. À vrai dire, il semblait sorti de nulle part. Le grincement d'un bois invisible. Je n'ai pas percuté sur le moment, c'est après que ça m'est revenu, comme un flash. Surtout parce que ce bruit a agi comme un déclencheur. Eva s'est mise à pleurer, d'un coup sec. C'était peut-être la peur de s'endormir sans papa ni maman.

Ou alors, elle avait aussi perçu ce grincement, et avait compris qu'il n'avait aucune explication logique.

Je ne sais pas si Anna l'a réalisé aussi. Sur l'instant, elle a surtout paru déçue que le calme de l'enfant se soit évanoui aussi rapidement.

— Tout va bien, chérie, tout va bien…

Mais Eva pleurait à chaudes larmes.

— Ça doit être la fatigue ! a dit Anna, en cherchant confirmation auprès de moi.

— Mamaaaaaan, a gémi l'enfant.

— Maman sera bientôt là, ne t'inquiète pas.

— Mamaaaaan…

Anna semblait ballottée entre l'idée de rapatrier la gamine dans ses bras et celle de la laisser sur le drap en espérant que ça passe. Mais ça ne passait pas.

— Tout va bien, Eva, maman sera bientôt rentrée, ai-je ajouté en renfort.

La fillette m'a dévisagé, comme si elle s'apercevait seulement de ma présence.

— Pas tontooooon ! Pas tontooooon !

C'était un peu vexant. Anna m'a regardé en caressant le bras de sa nièce.

— Peut-être que tu devrais sortir de la pièce, a-t-elle suggéré d'une voix qui s'excusait presque.

— Je sors, mais je… ai-je soufflé en laissant comprendre que j'allais juste me cacher dans le couloir.

— Pas tontooooon !

J'ai fait semblant de m'éloigner en marchant fort sur ce parquet grinçant. Anna continuait de murmurer des bouts de phrases apaisantes à l'oreille de sa nièce, mais aucune accalmie ne pointait à l'horizon. Mon téléphone indiquait 20 h 20. On n'était pas couchés.

— Tu en as, un beau lapin en peluche ! Hein, Eva ?

— Ouiiiiii, sanglotait-elle en retour, avant d'ajouter : Mamaaan.

Face à moi, une étagère dégueulait de vieux bouquins, la cave ou ce couloir, c'était du pareil au même, ils prendraient la poussière jusqu'au prochain déménagement. Il y avait de tout. *Comment réaliser une étude de marché ?* Un truc sur l'éducation positive. Un vieux roman policier. Une bluette à l'eau de rose que ma belle-sœur devait garder de son adolescence.

Et puis il y avait un de mes livres. *Champion du cœur*. Les Mémoires – enfin, le témoignage – d'un jeune aveugle, abandonné par sa mère, qui avait été multi-multi-multi-vainqueur d'un jeu télé de la mi-journée. Son histoire avait ému tous les téléspectateurs, jusqu'au sous-ministre en charge du handicap et la maison d'édition m'avait proposé de coucher sur papier sa belle résilience.

Dans la vraie vie, le type était sympa comme une porte de chiottes, il était arrivé défoncé à plusieurs de nos entretiens, une vieille addiction qu'il traînait depuis l'adolescence tout en faisant illusion après un tour par la loge maquillage. Déjà cinq ans que le bouquin était sorti (dix mille exemplaires, mon plus gros succès, même si mon nom n'apparaissait que dans les remerciements). Depuis, on n'entendait plus parler de lui, et je supposais qu'il devait être en train de se gerber dessus dans un studio moisi. « La ménagère » n'en avait plus rien à foutre de ce bouquin. Pas plus qu'Audrey d'ailleurs, qui l'avait acheté peu après ma rencontre avec sa sœur, pour me faire plaisir. On n'en avait jamais reparlé.

7.

J'ai fini par laisser Anna batailler avec sa nièce pour m'exfiltrer dans le salon. Le dessin de menace de mort traînait par terre, je l'ai ramassé en vitesse pour ne pas me faire gauler et, tant qu'à faire, mieux l'ausculter à nouveau. À quoi pouvait bien correspondre la maison derrière le pendu ? Au restaurant… ou à celle dans laquelle on passait cette charmante soirée ? Si David n'en était pas l'auteur – et je penchais pour cette hypothèse –, le gars qui avait porté plainte contre lui avait peut-être demandé à son fils de lui foutre la trouille. Voilà qui me semblait un bon scénario. Mais qui confirmait aussi que mon beauf' traversait une mauvaise passe, de quoi picoler du whisky à l'heure du goûter. Je phosphorais à bloc lorsque Anna a réapparu, par surprise. Elle avait les traits tirés, mais une légère satisfaction pointait au coin de son sourire.

— Et voilà ! Elle dort !

— Bravo, mon amour. Viens t'asseoir ici, tu l'as bien mérité.

— J'ai cru que j'allais jamais y arriver.

— Je t'aurais bien aidée, mais, apparemment, elle voulait pas voir ma gueule…

— Te vexe pas, c'est les enfants, ça…

— Je me vexe pas, je constate. Tu veux une bière pour fêter ça ?

— Avec plaisir, chéri.

J'ai attrapé deux blondes dans le frigo, Audrey nous avait dit qu'il ne fallait pas se gêner. Quand j'ai décapsulé la première, ma victorieuse avait changé d'expression. Son regard avait viré au lubrique.

— Viens par là, toi…

Ce n'est pas la bière qu'elle a dévorée, mais ma bouche. En un quart de seconde, on s'est retrouvés enlacés dans ce canapé, à l'abri des oreilles et des regards. Je n'ai pas pu retenir une blague :

— C'est tes envies de maternité qui parlent, là ?

— Je voudrais surtout pas te mettre la pression…

Pas la peine de penser aux conséquences. Quitte à être moite, autant que ce soit pour une bonne raison. On n'allait pas tarder à ne faire plus qu'un dans ce salon.

Pas si sûr.

Des pleurs ont résonné depuis l'étage. Aussi soudains que sonores. Plus bruyants encore que les précédents.

— Bon… On aurait mieux fait de toucher du bois.

Anna a soupiré, puis s'est relevée du canapé, fataliste, en reboutonnant son bermuda couleur crème. Je l'ai suivie en traînant le pas, pensant que je serais de toute façon persona non grata. J'avais à peine atteint la cuisine qu'Anna avait déjà gravi l'escalier. Puis le parquet a craqué, presque aussi fort que les pleurs de l'enfant. J'allais poser le pied sur la première marche quand le petit cri étouffé de ma moitié m'a pétrifié.

— Oh putain !

J'ai passé une vitesse pour me catapulter au seuil de la chambre. Anna tenait l'enfant dans ses bras. Sur son visage, de la panique.

— Elle était par terre !

— Quoi ?

Notre angoisse n'a fait qu'ouvrir les vannes des larmes de la fillette.

— Tu t'es fait mal, mon cœur ? Comment t'as fait ton compte ?

Cette fois, je me suis approché. Comment ça, un enfant pouvait passer par-dessus les barreaux de son pieu aussi facilement ? À quoi ça servait d'en mettre, alors ? On ne pouvait donc jamais le laisser sans surveillance ?

— Mais comment elle a pu faire ça, ai-je chuchoté à l'oreille d'Anna.

— Gaspard…

Quand elle m'appelait par mon prénom, ce n'était jamais bon signe.

— Ouais ?

— Est-ce que tu vois ce que je vois ?

Je me suis penché vers l'enfant. J'ai écarquillé les yeux pour percer la pénombre. Sur son front, une bosse à peine visible avait commencé à apparaître.

— Elle est tombée sur le front…

— Merde, merde, merde.

— Tu crois que… ça peut être grave ?

— Je sais pas… Non… Juste une bosse, quoi…

— Mais putain, c'est pas possible. Ses parents vont se demander ce qu'on a foutu…

— Mais on l'a juste couchée. Enfin, tu l'as couchée. On nous a jamais dit qu'elle pouvait escalader ses barreaux. Je comprends même pas comment elle s'y est prise.

— Moi non plus, c'est dingue ! Tu crois qu'il faut que j'appelle ma sœur ?

— Ben… Je sais pas… Ça va l'effrayer.

— Autant que moi tu veux dire ?

— Ou alors… On lui dit quand elle sera là.

— Ouais… Faudrait pas non plus avoir l'air de le cacher…

— Non, mais c'est pas de notre faute…

La petite passait des pleurs au chouinement. La fatigue reprenait le dessus.

— Pourvu que sa bosse grossisse pas trop.

— Mais non, mais non…

Evita clignait des yeux.

— Pas tonton, a-t-elle encore grogné avant de rendre les armes en se recroquevillant en position fœtale.

Je me suis effacé dans l'obscurité. Anna a pris des coussins et des peluches pour constituer une sorte de tapis d'amortissement au pied du lit. Au cas où. Elle a continué à regarder sa nièce s'endormir, d'un œil inquiet. Avant de quitter la pièce.

— Peut-être qu'on devrait rester à la surveiller…

— Je sais pas. Elle aurait pu nous prévenir, ta sœur, que ce genre de choses arrivait. Si sa gamine est capable de grimper par-dessus les barreaux, elle a déjà dû le faire avant et elle doit forcément le savoir.

— Ou alors c'est la première fois, au contraire. Peut-être qu'elle a réussi à le faire ce soir parce que sa mère n'est pas là et qu'elle est particulièrement agitée…

— On n'a pas de bol, alors. Ça commence à être galère, cette histoire…

Je n'osais pas dire que l'entraînement tournait à l'épreuve de feu. Je ne voulais pas lui casser le moral.

— J'appelle ma sœur, je préfère.

On s'est éloignés, pas trop loin, seulement au bout du couloir, des fois que. Anna a empoigné son Smartphone. Les tonalités se sont succédé. Puis le répondeur. Elle a raccroché, sans laisser de message.

— Pas sûr qu'elle entende avec le concert…

Mais, aussitôt, le téléphone a vibré. Audrey rappelait. Derrière, on distinguait la voix grave d'un chanteur français et les vibrations des basses, elle avait dû s'isoler pour nous parler.

— T'as essayé de me joindre ou c'est une erreur ?

— Non, j'ai vraiment essayé de t'appeler, a dit Anna. (On sentait l'embarras à chaque syllabe.) Euh, écoute… Rien de grave, mais… La petite a une bosse au front, elle est tombée de son lit. Apparemment, elle a réussi à basculer par-dessus les barreaux.

À l'autre bout du fil, on n'a plus entendu que le refrain d'un tube France Inter. Anna s'est crue obligée d'ajouter :

— Ça lui arrive souvent ? Je pensais pas que c'était possible.

— Non, a dit sa sœur d'une voix bizarrement éteinte. C'est encore ce…

Anna attendait la suite. Qui n'est pas venue.

— Qu'est-ce que tu as dit ?

Un silence s'est installé. On aurait presque cru qu'on avait perdu le réseau. Audrey a finalement repris la parole, d'un ton neutre, voire franchement déconnecté :

— T'inquiète pas. Rappelle-moi s'il y a un problème.

Et elle a raccroché. On s'est regardés comme deux ahuris. J'ai brisé le silence :

— C'est tout l'effet que ça lui fait ?

— C'est plutôt un drôle d'effet… Comme si ça ne la surprenait pas plus que ça.

— Tu vois, c'est ce que je te disais ! Elle a déjà dû faire la même chose avec elle.

On ne savait pas quoi ajouter.

— On descend ?

— Je… Je sais pas… Qu'est-ce qu'elle a voulu dire ?

— Comment ça ?

— « C'est encore ce… » Elle a pas fini sa phrase…

— Ouais. J'ai entendu ça.

— Elle parlait de quoi ?

— Aucune idée…

— Je… Je vais rester encore un peu à côté.

— T'as mis des coussins, ça devrait aller, là.

— Descends, si tu veux.

— Ben, je peux rester avec toi…

— Mais non, t'inquiète pas. Descends. On est en vacances et je suis désolée de t'infliger ça.

— Mais tu m'infliges rien du tout, je compr…

— Descends. Vraiment. Je te rejoins très bientôt.

Pas la peine d'insister, il n'aurait plus manqué qu'on s'engueule. Quand elle ponctuait ses phrases d'un « vraiment », c'était le dernier avertissement avant la mise à feu.

Dans la cuisine, le bol de croquettes était intact tout comme le récipient d'eau, le chat n'avait pas faim, peut-être s'était-il rassasié avec son serpent. Comme une âme en peine, j'ai erré jusqu'au salon. Et mieux encore jusqu'à la télé. Audrey et son mec n'étaient pas du genre à s'affaler devant un téléfilm pourri ou un jeu à la con sur TF1 ou France 2, alors qu'avec Anna on n'avait rien contre, de temps en temps. J'ai allumé le poste, mais l'écran est resté noir. J'ai vérifié les branchements, tout semblait correct, mais peine perdue, le contact ne venait pas. Le simple fait de se pencher pour trifouiller les câbles me collait la sueur au front. Tant pis, décidément, il était écrit que cette soirée serait longue. J'ai ramassé la chemise en papier recyclé pour la ranger au fond de sa cachette et effacer toute trace de mon indiscrétion.

— Gaspard ! Gaspard ! Viens !

La voix d'Anna perçait le plafond. Une voix affolée. Elle n'en avait plus rien à faire de réveiller la gosse. D'ailleurs, dans la seconde qui a suivi, la petite s'est remise à pleurer de plus belle. J'ai foncé droit vers l'escalier. Nom de Dieu, elle m'avait appelé au secours *avant* les larmes. Il devait y avoir autre chose.

— Anna ? Ça va ?

Malgré la pénombre, la pâleur de son visage m'a saisi.

— Gaspard… Regarde…

Cette fois, la fillette était toujours allongée dans son lit mais elle pleurait fort, sa figure se froissait de souffrance. Anna avait déboutonné et remonté son body, découvrant sa poitrine d'enfant.

— Quoi ? Qu'est-ce qu'il y a ?

— Regarde… Elle a une rougeur…

La lumière qui se faufilait depuis le couloir laissait entrevoir une plaque rouge, large comme une noix, sur le petit torse. Tout ça pour ça, me suis-je dit.

— Mais c'est rien… C'est peut-être une marque liée à sa position…

— C'est sûrement pas une tache de naissance, a-t-elle répondu du tac au tac.

Ce ton aussi, je le connaissais par cœur. C'est celui qui sortait de sa bouche quand une angoisse l'oppressait. Les interminables pleurs de la fillette n'aidaient pas à la sérénité.

— OK, OK… C'est une rougeur, elle fait peut-être une allergie.

— Ouais, peut-être…

— C'est pas de notre faute, on lui a donné à manger ce que ta sœur nous a dit…

— On dirait un frottement, plus qu'une allergie, a lancé Anna.

— Elle s'est fait ça en tombant du lit, non ? ai-je théorisé.

— Elle est tombée sur la tête, elle est pas tombée sur le torse.

— Mais non, regarde : elle s'est fait mal au torse en escaladant les barreaux et puis à la tête, en tombant. Logique.

Comme Anna ne répondait rien, j'ai quémandé une confirmation :

— Tu t'es fait mal ici, Eva ?

En guise de réponse, elle a hurlé :

— Pas tontooon !

J'ai retenu un soupir d'accablement, mais la lassitude s'installait. Anna bloquait sur la gamine. Je rectifie : elle hésitait à faire quelque chose qui m'échappait pour le moment. Puis elle a franchi le pas : elle a allongé sa nièce sur le flanc et a relevé encore le body pour examiner son dos. Il n'était plus question de tache. C'était un bleu. Un gros bleu, large comme deux noix, bien au milieu du dos.

— Mais putain… C'est quoi, ça ?

L'hématome avait l'air aussi frais que la plaque.

— Et ça, c'est la chute du lit ? Les barreaux ? a sifflé Anna.

J'ai ravalé ma salive.

— Qu'est-ce que… Ça date peut-être d'avant…

— C'est pas normal…

— Quoi ? À quoi tu penses ?

— J'en sais rien. Mais c'est pas normal.

— Pas tontoooon !

On avait tous les deux quelques mots en tête qu'on n'osait pas formuler. Anna encore moins que moi.

— Bon, descends, je vais essayer de la rendormir… a-t-elle dit, la mine sombre.

En revenant sur mes pas, je n'ai pas résisté longtemps aux drôles d'idées. On avait changé sa couche, mais on avait pu passer à côté de la plaque. Plus encore du bleu sur son dos. Peut-être qu'elle s'était blessée en escaladant ces barreaux. Elle avait peut-être tenté une pirouette en arrière avant de basculer la tête la première. On n'y était pas, on ne savait pas. Ou alors ça datait d'avant. Elle s'était fait mal avant.

Elle avait pris un coup, mon vieux.

Mais non, elle avait dû glisser sur un jouet, un livre, elle s'était cogné la table basse en plein dos.

Et même un sacré coup, si tu veux mon avis.

Merde, ça y était. J'avais une image en tête, plus moyen de l'ignorer.

À vrai dire, l'étrangeté qui frappait les lieux commençait à dessiner un visage.

Celui de David.

La chronique des faits divers qui nous inonde charrie beaucoup plus de noms masculins que féminins lorsqu'il s'agit d'enfants battus. Bien sûr, il y a des contre-exemples, parfois célèbres, et même des complicités. Mais, connaissant Audrey depuis des années, je ne l'imaginais pas porter la main sur sa fille. Alors que lui, sans vouloir me torcher avec sa présomption d'innocence, j'avais un doute. Qui était-il au fond ? Un restaurateur stressé par ses affaires qui buvait un peu trop ?

Qui perdait pied au point d'envoyer une tape à sa mioche ?

Ou une tape et un coup...

Mon cerveau pédalait à plein régime et je n'aimais pas ça. Il fallait garder la tête froide, se dire que la gosse avait pu se cogner contre n'importe quoi. À cet âge, on passe ses journées à tomber. Ou à choper des allergies. Et si c'était une sorte de psoriasis que la pénombre de sa chambre aurait fait confondre avec un hématome ? Tout était possible, tout, alors pourquoi restais-je fixé sur l'hypothèse la plus sombre ?

Parce que...

Dans la salle à manger, une étagère bourrée de chemises cartonnées et de classeurs étiquetés « factures », « garanties », « modes d'emploi »... me faisait de l'œil. Presque machinalement, j'ai ouvert la porte du meuble. Promis, je remettrais tout en ordre, on n'y verrait que du feu, ils ne sauraient jamais rien.

Je me suis emparé d'un premier dossier, noir, sans étiquette. Trop tard pour s'arrêter. J'avais l'étrange certitude que quelque chose de solide, un indice ou une confirmation, m'attendait. J'en oubliais d'autant plus mes scrupules. Mais il n'y avait là qu'un tas de factures d'électricité. J'ai refermé et rangé. Puis je me suis attaqué à un deuxième dossier, rouge cette fois. À l'intérieur, les papiers de la petite. Déclaration de naissance, carnet de santé, contrat de la nounou... Un jour, bientôt peut-être, ce serait notre tour. Ça m'a fait tout drôle d'y penser, j'ai ressenti comme un découragement, aurais-je vraiment la force de toutes ces démarches, de toute cette énergie consacrée à une autre vie ? À moins que le fiasco de cet « entraînement » ne refroidisse Anna, pour de bon. Non, il en fallait plus. Parfois, elle semblait dire que ce n'était pas grave si on n'y arrivait pas, qu'elle saurait vivre sans, ne te mets pas la pression chéri, vraiment tout va bien dans notre vie. Mon œil. Mon cul.

— Mais qu'est-ce que tu fous ?

J'ai sursauté. Absorbé par mon exploration, je n'avais même pas prêté attention au calme revenu et aux pas d'Anna dans l'escalier.

— Euh, je…

— Putain, tu fouilles dans leurs affaires ? T'as plus aucune retenue, donc ?

— Désolé, je… je m'occupais juste…

— Range ça tout de suite, ça te plairait qu'on vienne fouiller dans tes papiers, toi ?

— Non, c'est sûr… Mais…

— Allez, range !

Elle était vraiment en colère. On risquait de plus en plus le point de non-retour.

— Comme si la soirée était pas suffisamment compliquée…

— T'as encore réussi à l'endormir ? Bravo, chérie !

— C'est ça, change de sujet.

— Pardon… C'est cette histoire de convocation judiciaire, là… Ça m'a fait cogiter.

— Pourquoi ?

— Pour rien.

— Mais si. Dis-le, vas-y, dis-le.

— Quoi ? Toi aussi, tu penses à ce que je pense ?

Elle a soupiré, accablée par la communion de nos hypothèses.

— S'il est capable de taper son associé… S'il est capable de taper quelqu'un… Est-ce qu'il est capable de la taper, elle ? C'est ça ?

Je n'ai rien répondu. Et c'était d'autant plus pesant.

— Non mais c'est n'importe quoi, a grondé Anna.

— Alors d'où vient le bleu d'Eva ?

— Tu l'as dit toi-même, elle est tombée.

— Elle a pas pu tomber sur la tête, le torse et le dos en même temps.

— Mais elle a pu tomber avant, ailleurs. C'est l'été, elle était peut-être torse nu dans le jardin hier et elle est tombée sur…

— T'as entendu la réaction de ta sœur au téléphone, tout à l'heure ?

— Oui.

— C'était pas une réaction normale. On aurait dit… qu'elle était pas surprise.

— Ouais, peut-être bien.

— Comme si elle savait quelque chose. « C'est encore ce… » Ce quoi ?

— Putain, Gaspard… Tu m'angoisses ! Tu m'angoisses !

Un craquement a résonné au-dessus de nos têtes, stoppant net notre débat. Sauf que c'était pas un craquement. Mais des bruits de pas. Quelqu'un était en train de marcher là-haut. On a sursauté.

— Ta… Ta sœur est déjà rentrée ?

— Bien sûr que non.

Je fixais le plafond, pétrifié. Les bruits de pas n'avaient duré qu'une seconde. Mais ils étaient lourds et nets. Impossible de confondre avec quoi que ce soit d'autre.

— C'est la petite qui s'est levée, sûrement.

— C'était pas… le pas d'une enfant, ça…

Plutôt de quelqu'un qui faisait sept fois son poids. Je n'avais jamais vu Anna aussi blême.

— Eva ? C'est toi ? a-t-elle appelé suffisamment fort pour que sa voix traverse le plancher.

Aucune réponse. Aucun mouvement.

— Tu t'es levée de ton lit ?

Toujours rien.

— Est-ce qu'il faut… appeler la police ?

Je me serais bien précipité jusqu'à la bagnole, j'aurais bien démarré à fond la caisse et ciao Eva, ta maman bizarre et ton papa alcoolo. Mais appeler la police ? Pour leur dire quoi ?

— Ne paniquons pas, ai-je répondu, sans savoir à qui je répondais.

En m'approchant de l'escalier, j'ai senti mes jambes se transformer en cotons-tiges. Un nouveau bruit de pas m'aurait causé une crise cardiaque. Anna s'est collée à mon dos.

— Y a quelqu'un ? ai-je lancé d'une voix tremblante.

Silence total.

— On a dû halluciner, a-t-elle murmuré. C'était peut-être juste un autre craquement du bois, c'est vieux ici…

— Peut-être.

— Il faut qu'on aille la voir.

— OK.

— Attends…

Anna s'est glissée jusqu'à l'évier de la cuisine et a attrapé un couteau tranchant qui séchait là. Elle l'a glissé entre mes deux mains gauches, sans un mot, en me regardant droit dans les yeux. Je n'avais plus le choix.

J'ai pressé l'interrupteur et grimpé les marches, mon cerveau se déconnectait peu à peu, surchauffé par la trouille. C'est le tournant, en haut de l'escalier, qui serait le plus terrible. Chaque nouvelle marche était comme une pierre supplémentaire accrochée à ma cage thoracique. Encore quatre. Encore trois. Deux…

Plus question de reculer. Mon pied s'est posé sur le parquet de l'étage et… j'ai bondi dans le couloir en poussant un cri de guerre.

Personne en face. Rien n'a bougé. Toutes les portes étaient fermées. La chambre de l'enfant, celle de ses parents. Derrière, Anna a sursauté.

— Ça va pas de crier comme ça ?

Les pleurs de la petite ont redémarré, pareils au moteur d'une vieille moto.

— Ben voilà…

J'ai avancé. Une pensée terrifiante me remuait la tête. Jusque-là, il restait une seule pièce dans laquelle on n'avait pas encore mis les pieds : la piaule parentale. Et s'il y avait quelqu'un planqué là depuis le début ?

J'ai d'abord ouvert la première porte, celle de la gamine. Elle s'était un peu relevée dans son lit. Elle me zieutait d'un air effrayé, de grosses larmes coulaient sur son visage.

— Désolé… (En apercevant le couteau le long de mes doigts, elle a pris encore plus peur.) T'inquiète pas, chérie…

Anna a surgi derrière moi pour voler à son secours.

— Pleure pas, pleure pas.

Je l'ai laissée entamer une nouvelle séance de consolation. Maintenant qu'on était plantés là, il fallait aller au bout. J'ai affronté la porte de la chambre d'à côté. Tendu l'oreille pour m'assurer qu'aucun bruit n'en sortait. Mais avec le volume sonore des pleurs de ma nièce, difficile de se faire une idée précise. J'ai posé une main sur la poignée de porte et de l'autre, brandi mon couteau comme une épée. J'ai poussé d'un coup sec. La pièce était plongée dans l'obscurité. J'entrevoyais le lit deux places. J'ai appuyé sur l'interrupteur à ma droite. La lumière a dévoilé une chambre mal rangée. Le lit n'était pas fait, le drap écru pendait sur le parquet. Autour, un bureau noyé de paperasse, une guitare sèche probablement désaccordée, un short oublié et une tong orpheline. Au mur, des mosaïques de photos de famille. Rien d'autre. Sinon une grande penderie dont la porte était entrouverte.

Entrouverte.

Il fallait vérifier. Impossible d'y échapper. Un pas en avant. Le temps d'atteindre le meuble, plusieurs hypothèses dansaient la polka sous mon crâne : un fantôme, un monstre, un diable à la queue fourchue. Un psychopathe. Le vieillard hirsute qui rôdait dehors. J'ai tiré la porte en étouffant à peine un cri d'effroi.

Des fringues, juste des fringues de madame. Il n'y avait personne ici. Anna avait peut-être raison. Le bois avait craqué et l'ambiance de cette soirée cauchemardesque nous avait fait confondre un grincement avec un bruit de pas.

J'aurais pourtant juré…

— GASPARD !

La petite n'avait pas arrêté de pleurer à côté, mais la voix d'Anna venait de surpasser ses décibels. C'était la voix de l'angoisse. De la terreur, même.

J'ai déboulé dans la chambre voisine, la lame prête à fendre l'air.

Anna était penchée sur la petite qu'elle éclairait avec la fonction lampe torche de son téléphone.

— Elle a de nouveaux bleus…

Je me suis figé.

— Quoi ?

— Je te jure que ça n'y était pas… Je te jure… Ça vient juste d'apparaître.

— Où ça ?

— Sur son cou… Regarde…

La lumière de l'appareil ne trompait pas : la fillette avait un hématome grand comme une cerise dans le cou. C'était noirâtre. Impossible qu'on soit passé à côté jusque-là. Et aucune idée de ce qui avait pu laisser pareille trace.

— C'est quoi, ce bordel ?

— Il y a quelqu'un dans la maison, Gaspard. Il faut qu'on parte d'ici.

J'avais beau avoir la peau moite et bouillante de la tête aux pieds, j'ai quand même frissonné.

— C'est pas possible. J'ai vérifié partout. Y a personne ici.

Anna tremblait.

— Et la salle de bains ?

Merde. Non, je n'avais pas regardé. Cette étourderie m'a paru soudain glaçante. Je me suis relevé, toujours les jambes en coton, couteau dans la main et retour au couloir. La porte de la salle de bains, juste à côté de l'escalier, était entrouverte, elle aussi. Est-ce qu'on l'avait laissée ainsi ? Mieux valait ne pas se poser la question. J'ai prêté à nouveau l'oreille. Il y avait eu un bruit. Pas de l'ordre du craquement de parquet. Mais un mouvement. Quelque chose se déplaçait à l'intérieur de cette pièce, frôlait des objets, des meubles.

Si la clé de l'énigme se trouvait derrière cette cloison, il était temps d'en finir. J'ai ouvert d'un coup sec. Et me suis retrouvé face à un petit intrus. Mais à vrai dire, c'était nous les intrus. Lui était à domicile. C'était ce foutu chat blanc, le nettoyeur de serpents, qui déambulait dans la salle de bains. En voyant mon agitation, l'animal s'est figé, ses griffes sorties pour se défendre. J'ai expiré un grand coup, comme pour rejeter les particules de trouille qui m'écrasaient la poitrine jusque-là.

Lui aussi a commencé à se détendre et revenait à son vagabondage feutré.

L'angoisse m'a de nouveau étreint.

Non, ça ne pouvait pas être lui. Eva avait des traces de coups, pas de griffures. Ce matou scalpait les vipères, mais il ne touchait pas aux gosses. J'ai laissé la porte ouverte pour qu'il fasse sa vie.

La tête d'Anna dépassait de la chambre de la petite. Ses yeux vifs de frousse brillaient dans l'obscurité du couloir.

— Y a quelque chose ?

— Non, c'est juste leur chat. Elle s'est rendormie ?

— Oui. Elle est tombée comme une masse.

— Et si on rappelait ta sœur ?

— Oui, j'allais te le dire. Il est 10 heures, elle doit être en route. Enfin, j'espère…

Anna a attrapé son téléphone dans la poche arrière de son jean. Elle a fait quelques pas pour éviter de réveiller sa nièce et activé le numéro d'Audrey. Dans le silence nocturne, j'ai entendu le répondeur se déclencher sans la moindre tonalité avant.

Bonjouw, vous z'êtes bien su' le potab' de ma maman, messi de laisser vot' message apwé le bip sono'. Ç'aurait été mignon, voire cucul la praline en temps normal, mais, à ce moment précis, c'était juste claustrophobique de rester sans réponse.

— Ils doivent être en bagnole dans une zone qui capte pas.

— J'espère qu'elle a pas coupé son téléphone, surtout…

— Qu'est-ce que tu racontes ? Pourquoi ma sœur ferait ça ?

— Je sais pas.

— Mais enfin, t'as rien de plus intelligent à dire ?

C'est vrai que c'était pas malin, mais je commençais à en avoir marre et il fallait que je me défoule.

— Ben on sait pas, après tout…

— Mais enfin ! On sait pas quoi ?

— Qui l'a frappée, cette enfant ? Son père ? Sa mère ?

Anna m'a fusillé du regard.

— Tu te rends compte de ce que tu dis ? Tu parles de ma sœur !

— Mais enfin, y a bien quelqu'un qui lui fait du mal, à cet enfant...

— C'est sûrement pas ma sœur !

— C'est sûrement pas un extraterrestre non plus !

Anna s'est effondrée en larmes. Je ne m'y attendais pas, j'aurais dû pourtant, je poussais loin mes soupçons. Je me suis senti coupable.

— Pardon, chérie, je... Non, j'accuse pas ta sœur évidemment...

— Tu viens exactement de le faire.

Elle tentait d'assourdir ses sanglots pour ne pas réveiller la petite, ce qui étranglait encore plus sa voix.

— Non, j'étais con, j'ai juste... C'est juste que tout ça est tellement...

— C'est pas une raison. Moi aussi j'ai peur.

— Il doit y avoir une explication simple et pas aussi horrible... Peut-être qu'on n'a pas les idées claires, c'est tout.

Je ne croyais pas vraiment ce que je disais. Et puis j'avais lu dans la presse ce genre d'histoires où un père ou un beau-père frappe son gosse. Que la mère ferme les yeux n'était pas si rare.

— De toute façon, je te dis qu'elle n'avait pas ces traces y a quelques minutes... C'est arrivé ce soir.

Anna lisait dans mes pensées. J'hésitais à renchérir.

— Peut-être que tu as mal vu.

— J'ai parfaitement bien vu.

— Mais enfin, Anna, c'est impossible ! Y a pas un fantôme ici qui frappe cette gosse dès qu'on a le dos tourné !

Sans m'en rendre compte, je venais de hausser le ton. Ce qui devait arriver arriva : ma voix a réveillé Eva qui s'est remise à pleurer à fond les ballons. Anna m'a de nouveau foudroyé du regard – deux fois en deux minutes, ça commençait à être irrespirable.

— C'est malin !

— J'en peux plus de cette soirée.

— Va prendre l'air, c'est le mieux que tu puisses faire !

Je détestais quand elle adoptait ce ton. Celui d'une professeure qui engueule un collégien immature. Subitement, c'est comme si elle n'avait pas une gosse à sa charge, mais deux. Ce qui la fichait mal pour un possible futur papa. J'ai traîné mon orgueil comme un boulet au pied, qui faisait *plaf* à chaque marche. J'ai erré comme une âme en peine dans la cuisine avant d'avoir une lumineuse idée : ouvrir le frigo et décapsuler une nouvelle bière. Il n'y avait, à cette heure-ci, rien de mieux à faire.

Même l'été bouillant ne pouvait plus empêcher la nuit de tomber. Après une première gorgée, j'ai poussé la porte d'entrée pour gagner le jardin. Les vipères devaient roupiller. Je me suis assis sur le banc en ferraille. Un autre jour, elle aurait été bien agréable, cette blonde à la fraîche. Pas cette fois. J'entendais les pleurs de l'enfant, interminables. Mais que foutaient ses parents ? Et que foutaient les habitants de ce bled ? Il y avait des maisons dans la rue, mais on n'entendait pas d'autre signe de vie. À croire que la population entière ne s'était pas réveillée de sa sieste caniculaire. J'ai bu une deuxième lampée. Il en fallait plus encore pour me détendre. C'est sûr, Anna devait dérailler. Elles étaient là avant, ces traces, pas possible autrement. Elle était dans le déni pour ne pas accabler sa sœur, c'est tout. C'est pour ça qu'Audrey était si emmerdée au téléphone. Elle voyait très bien de quoi on parlait. Sa bosse n'était pas apparue après la chute. Mais parce que papa l'avait tapée. Elle n'avait peut-être pas prévu qu'on tombe dessus, en revanche. C'est sans doute pour ça qu'elle ne nous avait pas proposé de lui donner le bain. Troisième gorgée.

À moins que. À moins que si, elle espérait justement qu'on tombe dessus. Qu'on sache ce que faisait son mec. Son affreux mec, tiens. Comme un appel à l'aide, voilà. Moi, je suis trop faible pour l'empêcher, mais vous, s'il vous plaît, faites quelque chose, appelez les services sociaux.

Bon sang, tout s'emboîtait, riche idée que de siroter cette bière. Et peut-être que… Peut-être que son sale mec avait compris. Qu'il avait entendu Anna en parler au téléphone. Et que ça ne lui avait pas plu du tout. Merde. Je me suis levé d'un bond du banc, comme si la révélation m'avait donné un coup de jus. Il s'était fâché contre elle et avait coupé le téléphone. Ou alors il lui en avait collé une et puis… Et puis quoi ?

Mon cerveau se remettait à partir en vrille. Le jardin s'obscurcissait. Ce bled devenait encore plus étouffant. J'ai marché quelques pas sur l'herbe, jusqu'à la porte grillagée, pour oxygéner mes neurones. Même à cette heure-ci, mes vêtements pesaient encore une tonne sur ma peau brûlante. Nouvelle gorg…

Il y avait quelque chose au milieu de la route. Une masse. Velue. Un animal. Est-ce qu'il était encore en vie ? Il ne bougeait pas. Un sentiment de déjà-vu s'est imposé. J'ai poussé la grille dans un grincement de film d'horreur. Un chat. Un chat mort ou alors profondément endormi, au milieu de la route. Même position que celui aperçu en rentrant de la plage.

Deux petits chats chats chats…

Lui avait sa tête en revanche. Et des proportions moins impressionnantes aussi. C'était un beau chat tigré, tout ce qu'il y a de plus classique, comme on doit en compter des millions dans ce pays, gris et noir. Il n'y avait plus de doute, il était mort. Probablement percuté par une bagnole – même si je n'en avais pas vu une seule circuler depuis notre arrivée ici. Je craignais surtout de voir des boyaux à l'air ou une tête aplatie par un pare-chocs. Je me suis approché prudemment. Sur mes gardes. Le chat était intact. Mais mort. À dire vrai, c'était encore plus étrange. On aurait dit qu'il était tombé net. Un coup de chaud, peut-être. J'ai détaillé des yeux son corps à la recherche de la moindre respiration, du moindre mouvement. Mais non, rien. Ce chat n'était plus de notre monde. Fallait-il le déplacer de la voie pour éviter qu'il ne se fasse vraiment rouler dessus par un automobiliste qui finirait par passer ici ? Les mouches ne tarderaient pas à venir le becter. D'un autre côté, je n'avais aucune envie de toucher cette carcasse, ça me dégoûtait d'avance. J'ai regardé autour, si quelqu'un pouvait le faire à ma place. Personne derrière, personne devant.

Ah si.

Quelqu'un devant. Je l'ai reconnu illico. Le clodo au chapeau. Depuis que je l'avais zieuté par la fenêtre de la salle de bains, il ne s'était pas beaucoup éloigné. Il se trouvait à cinquante mètres de moi, sous un platane qui bordait la route, côté rivière. Il ne bougeait pas plus que le chat, mais au moins se tenait-il à la verticale.

À quoi jouait ce type ? Il rôdait autour de nous. Est-ce qu'il avait pu se faufiler dans cette vieille baraque ? Après tout, on connaissait mal les lieux, il y avait peut-être une foutue porte quelque part qui menait à l'étage. Et si c'était ce croque-mort dépouillé qui avait déposé le chat juste devant la maison, pour nous jouer un sale tour ? Je me suis avancé vers lui. Brusquement, je ressentais de la colère. Quoi qu'elle ait fait, cette vieille fripe n'avait rien à foutre là.

— Y a un problème, monsieur ?

Le type ne bougeait pas. Un épouvantail planté dans le bitume.

— Oh, je vous parle, monsieur ! Pourquoi vous me dévisagez comme ça ?

Je n'étais plus qu'à vingt mètres. Aucune réponse. J'allais quand même pas me faire emmerder par un vioque. Et il fallait que cette soirée mortelle se termine.

— C'est à vous, le chat mort ?

Dix mètres.

Enfin, je croisais son regard. La réciproque n'était pas vraie. Le type avait picolé. Ses yeux étaient flous et se perdaient dans une sorte de brouillard. Il me calculait à peine, hébété, ahuri.

— Monsieur…

Subitement, je n'avais plus envie de passer mes nerfs sur lui.

— Monsieur… Vous allez bien ?

Toujours aucune réponse, mais son silence n'avait rien à voir avec de la provocation ou un jeu pervers. Il était incapable d'aligner deux syllabes.

— Monsieur ?

Quel âge avait-il ? La rue vieillit prématurément, mais lui avait tout de même un sacré nombre d'heures de vol. Pas un millimètre de la peau de son visage n'échappait aux rides, lesquelles par endroits ressemblaient plus à des crevasses. Sur les joues, sa face présentait comme des stries, des traits qu'aurait dessinés un condamné d'une longue peine sur les murs de sa cellule. Sous son chapeau de paille, mal découpé et bruni par la crasse, on distinguait une touffe de cheveux blancs en bataille encore bien fournis. D'un drôle de blanc, presque étincelant, qui tranchait d'ailleurs avec tout le reste. Mais, à deux mètres de lui, c'est autre chose encore qui frappait : une odeur de pourriture, de pommes de terre pourries, insoutenable. J'ai fait un pas en arrière.

— Je…

Il n'y avait rien à dire de plus. Juste à se tailler sans demander son reste. Il ne pouvait pas faire de mal à qui que ce soit. S'il avait réussi à s'introduire dans la maison, on aurait au moins senti cette puanteur, mais pas sûr qu'il serait parvenu à grimper la moindre marche. J'ai tourné les talons. Et c'est à ce moment-là que j'ai enfin entendu un bruit de sa part. Un bruit terrifiant. Un souffle morbide, comme quelqu'un qui viendrait de remonter à la surface de l'eau après avoir manqué de se noyer. Une respiration surgie d'un autre temps.

Je me suis retourné aussitôt. Cette fois, le vieil homme avait planté son regard droit dans le mien.

Fixement et intensément. On aurait dit qu'il me connaissait.

— Malessur…

Sa voix était essoufflée, à peine audible, et ses mouvements de bouche ne parvenaient pas à sortir tous les sons voulus.

— Pardon ?

— Le Malessur…

La bouche continuait à s'ouvrir et à se fermer, même après le dernier mot.

— Je… comprends pas, monsieur…

Le vieillard, qui par ailleurs me dépassait d'une tête, bien qu'il dût peser vingt kilos de moins que moi, s'est arrêté, comme pour reprendre des forces. Mais sans cesser de me dévisager. Il s'est remis à parler et, cette fois, un frisson glacé m'a raidi.

Ce n'était plus la même voix. Mais une voix en même temps malade et nasillarde, hargneuse, méchante, qui ne correspondait pas du tout à son physique, celle d'un type rongé par un cancer de la gorge, mais qui aurait encore des saloperies teigneuses à balancer.

— Le mal est sur toi !

J'ai reculé devant son exclamation. Sitôt sa phrase sortie, en entier cette fois, il s'est arrêté net. Et son regard a vrillé de nouveau, l'oracle menaçant redevenait un pauvre ivrogne. Je n'ai pas cherché à en savoir plus. J'ai fait demi-tour, vers la maison, en marchant aussi vite que possible. J'avais beau m'éloigner, ses émanations restaient toujours aussi envahissantes, comme si elles m'enveloppaient. Sans ralentir l'allure, à l'approche de la maison, j'ai jeté un œil en arrière, histoire d'être certain qu'il ne me suivait pas.

Il n'avait pas bougé. Mais au moment où j'allais tourner la tête, j'ai vu son expression changer. Ses yeux hagards se sont fixés à nouveau sur moi avec intensité et précision. Et cette fois, un sourire malsain, un sourire pervers, un sourire de gros dégueulasse, a barré son visage. J'ai dépassé le chat occis, refermé la grille derrière moi et me suis enfermé dans la baraque, oubliant ma bière sur le banc. Pouvait-il escalader la grille ? Frapper au carreau du salon ? Je vérifiais que la porte était bien verrouillée quand une voix a résonné dans mon dos :

— Ça va ?

J'ai laissé échapper un petit cri. C'était Anna.

— Putain…

— Qu'est-ce qui t'arrive ? T'as le dos en sueur !

Jusque-là, je ne m'étais pas rendu compte que j'étais trempé.

— Je… Y a… Y a le clodo dehors…

— Le clodo ? Le clodo que tu as vu par la fenêtre ?

— Ouais…

— Il t'a emmerdé ?

— Non… Enfin, je sais pas… Il était tellement bizarre.

— Qu'est-ce qu'il a fait ?

— Je… Non, rien… Il m'a dit un truc flippant.

— Mais quoi ? Dis-moi !
— « Le mal est sur toi. »
— « Le mal est sur toi » ?
— Ouais.
— Ça n'a aucun sens.
— Non, mais je... On aurait dit...
— ... que ?
— Je sais pas... Elle dort, la petite ?
— Oui, enfin... Putain... Tu veux pas un verre d'eau ?

C'est exactement ce qu'il me fallait.

— Ah si... Si, je veux bien.
— Assieds-toi sur le banc, je vais t'en chercher un.
— Ça t'ennuie si on le prend plutôt à l'intérieur ?

Anna m'a dévisagé une seconde, puis a compris. Quelque chose traînait dehors et personne n'avait envie de s'y confronter.

On s'est enfermés dans ce vieil abri qui craquait de partout, Anna a rempli deux verres d'eau dans l'évier avant de nous les servir dans le canapé du salon. Je me suis posté à la fenêtre pour ausculter la rue. Vide. Aucun clochard à l'horizon. Tout était retombé dans le calme et le silence, ce silence d'après la tempête qui soulage tant.

— Ça fait du bien quand ça s'arrête, a dit Anna.
— Oui, je...

Je ne voulais pas l'affoler et j'ai cherché des mots pour faire bonne figure, en tentant de maîtriser mon souffle. Les premiers qui me sont venus étaient :

— À la tienne, chérie.

— À la tienne, mon amour.

Le tintement des verres a d'autant plus résonné dans la pièce. On a bu une gorgée avec une bonne dose de silence. Il a fallu un long moment pour que nos cœurs battent plus tranquilles et que nos cerveaux refroidissent. Qui de nous deux oserait dresser la liste des étrangetés de la soirée, au risque de finir enseveli sous le poids de l'épouvante ? Comme un réflexe de survie, j'ai eu envie de partager cette petite blague :

— Quand je pense que c'est juste un entraînement…

Anna a éclaté de rire. Et je l'ai suivie. On est partis dans un long fou rire, secoués de spasmes, comme les vagues de l'océan en accéléré, comme un cargo qui déchargerait toute sa marchandise sur le quai. À un moment, j'ai même cru que les gloussements d'Anna se transformaient en pleurs, mais non, c'était un rire, nerveux, certes, mais un rire quand même. Au bout d'une éternité, Anna a réussi à articuler une phrase entière :

— Je suis vraiment désolée de t'imposer ça.

— Tu pouvais pas savoir, chérie. Personne pouvait savoir…

— Il me tarde tellement d'être au lit rien que tous les deux.

— Et moi donc.

— J'espère que demain, quand on aura les idées claires, tout redeviendra sensé.

— Sûrement, chérie, sûrement…

La gorgée d'eau rafraîchissante avait détendu ses traits. Elle a enlevé son élastique pour libérer ses cheveux, qui sont tombés sur ses épaules. Le soleil des derniers jours avait éclairci leur blondeur.

— T'as plus envie de faire un enfant, du coup ? m'a demandé Anna.

— Ça n'a rien à voir…

C'était une non-réponse, une réponse de lâche, elle le savait mais n'a pas insisté. On a terminé chacun notre grand verre d'eau.

— Je me demande ce que fait ma sœur.

— Elle ne va sûrement pas tarder.

C'est dans l'adversité qu'on reconnaît la femme de sa vie. Après notre rencontre, les jours s'étaient écoulés facilement. L'emménagement à Lyon, ensemble, au bout de six mois, le mixage des deux cercles d'amis à ses trente ans, les bouchons lyonnais, les soirées ciné, les dimanches sous la couette, les week-ends de trois jours en Suisse, en Italie – une fois au ski. Bien sûr, « nous eûmes des orages », chantait aussi le grand Jacques, mais c'étaient même pas des orages, juste des coups de vent, mes projets de bouquin qui se cassaient la gueule, un premier manuscrit de roman recalé pour cause de « manque d'originalité », sa petite déprime après avoir loupé une promotion. Et puis surtout la mort de sa mère, emportée par un cancer du cerveau. Comme dans les vagues cet après-midi, j'ai cru la perdre, la voir s'enfoncer trop profondément dans les eaux troubles du deuil, moi incapable de me mettre à sa place parce que j'avais la chance de ne pas l'avoir vécu. Pendant quelques mois, nos bouchons lyonnais, nos soirées ciné, nos dimanches sous la couette, tout ça n'avait plus aucun goût pour elle, elle ne riait plus, plus du tout, pas une fois en une année entière. Peu à peu, par petites touches, la gaieté est revenue, le gris s'est dissipé, mais pas la gravité. C'est à partir de là qu'elle a commencé à parler d'enfant. Une de ses meilleures amies est tombée enceinte, le prétexte pour mettre le sujet sur la table était tout trouvé. Moi, mes petites habitudes, mes ambitions sous le tapis, mes livres pas signés empilés comme des paquets de bouffe au supermarché. Je me suis senti seul.

— Et si ça n'avait aucun sens ?

J'étais perdu dans mes pensées quand Anna a prononcé ces quelques mots, les yeux dans le vague.

— De quoi tu parles ?

— Et si demain matin, on n'avait pas les idées plus claires ? Et si on ne comprenait jamais comment ma nièce s'est retrouvée couverte de bleus, comme par magie ?

— Mais je… Non, il y aura bien une explication…

— Il y a des choses qui arrivent et qui ne sont pas toujours rationnelles.

Le silence reposant devenait inquiétant. Elle avait une idée en tête et je n'avais pas vraiment envie de la connaître.

— À quoi tu penses ? ai-je demandé par obligation.

— T'as jamais vécu un truc inexplicable dans ta vie ?

— Ah… Je… Je sais pas…

J'ai rembobiné les trente-neuf dernières années en cherchant la petite bête bizarre. Problème : quand on cherche, on trouve.

— Peut-être cette séance de spiritisme quand on était ados…

— T'as fait du spiritisme, toi ?

— Comme tous les ados. Une fois, on s'était mis dans le noir, dans ma chambre, pendant que mes parents étaient pas là. On avait fait ça bien, on avait découpé des feuilles de papier pour mettre toutes les lettres de l'alphabet en cercle sur la table et on avait posé un verre au milieu avec nos gros doigts autour.

— Et alors ? Il s'est passé quelque chose ?

— Sur le coup, rien. Mais, au bout de cinq minutes, mon poster de *Retour vers le futur* s'est décroché tout seul.

— Vraiment ?

— Ouais… Mais, à vrai dire, il tenait avec de la Patafix de merde, il tombait souvent.

— Ah…

Ma brillante anecdote n'a pas empêché le silence de se reconstituer. Je creusais ma mémoire.

— Tu sais, quand ma mère est morte…

La voix d'Anna a mis un terme à mon exploration.

— Oui ?

— Je te l'ai jamais dit, mais…

J'ai posé ma main sur son bras, pour l'encourager.

— À l'hôpital, quand on attendait…

— Oui…

— La dernière nuit, juste avant qu'on nous dise qu'elle…

— Oui. Je me souviens.

— Je suis allée marcher dans le couloir. Je dormais quasiment pas, à ce moment-là. J'étais toujours dans le brouillard et en même temps je tenais sur les nerfs parce que je savais que la fin était proche. Cette nuit-là, dans le couloir… j'ai entendu un bruit. Enfin, plutôt une voix… Ça venait de la chambre de ma mère. Elle faisait que dormir à la fin. Aux visites, on ne pouvait même plus discuter. Alors sur le moment… je me suis dit que ça pouvait pas être elle. Qu'elle était trop fatiguée pour parler d'une voix… aussi claire. Et la voix a continué. Elle disait : « Tu es là ? » Comme ça, elle répétait : « Tu es là ? » En fait, ça ressemblait à la voix de ma mère, mais…

Elle ne me l'avait jamais raconté. Je crevais d'envie de lui demander pourquoi, mais je ne voulais pas la freiner dans son élan fragile.

— J'ai ouvert la porte… doucement… pour pas la réveiller au cas où elle aurait vraiment dormi ou peut-être parce que… parce que j'avais peur… Tu te souviens comment était la chambre d'hôpital ?

— Oui, bien sûr.

— Enfin, comme toutes les chambres d'hôpital. Quand on entrait, on voyait d'abord la télé fixée en hauteur, au mur. Et puis après quelques pas, le bout du lit. Et puis le lit en entier. Rien qu'à regarder la couverture, j'ai vu qu'il y avait un truc bizarre. Ses jambes n'étaient plus allongées dessous. Elle était assise. Je me suis approchée. Mais tu vas me prendre pour une folle…

— Non… Non, non, t'inquiète pas. Tu peux tout me dire.

Surtout que ce soir, même un cheval traversant le ciel étoilé sur un balai n'aurait pas détonné dans l'ambiance.

— Ma mère était assise dans le lit. Elle me regardait. Elle souriait, tranquille. Ça m'a scotchée. Les larmes me sont montées d'un coup. Et plus je la regardais, plus j'avais l'impression qu'elle changeait. Comme si ses cheveux redevenaient blonds. Que ses rides s'effaçaient. Que son corps reprenait des formes… Je sais pas comment te dire… C'est comme quand tu regardes ces dessins avec des effets d'optique. Tu crois voir une silhouette et en fait c'est un visage… Ben là, au bout de quelques secondes, ma mère avait l'air d'avoir vingt ans.

— Tu m'avais jamais dit…

— Parce que quelques secondes après, elle avait retrouvé son apparence, son visage creusé, ses trente-cinq kilos. Et elle s'est rendormie. Elle s'est rallongée doucement, et elle s'est rendormie. Alors je me suis dit qu'avec le manque de sommeil, j'avais peut-être rêvé… ou juste imaginé…

— Oui. Peut-être bien.

— Ouais. Sauf qu'il y avait la voix…

— Sa voix ?

— Sa voix qui demandait : « Tu es là ? » C'était bien sa voix, en plus jeune. Sûrement celle qu'elle avait à vingt-cinq ou trente ans…

Une larme a coulé sur son visage. J'ignorais même s'il fallait la rassurer ou la réconforter, lui dire « Ce n'est pas rationnel, tu sais bien ». Ou alors « Ta mère a fait un lifting express et c'est magnifique ».

Je n'ai rien dit de tout cela parce que son histoire m'a fait tilt. D'un coup, j'ai compris ce qui avait cloché avec le clochard dehors. J'ai revu avec précision le détail qui m'avait échappé.

Sa voix. Le mouvement des lèvres et le son de sa voix étaient décalés. Comme un ventriloque à contretemps. En pigeant, j'ai senti mon sang se glacer.

— Je t'ai fait peur, chéri ? m'a demandé Anna.

— Non, non… Je pense que tu… étais perturbée cette nuit-là.

— Oui, mais… T'es tout pâle !

— Ah bon, je… je sais pas…

Je crevais d'envie de regarder à nouveau par la fenêtre du salon pour vérifier si le vieillard n'était pas collé à la vitre, en train de nous espionner. Mais je ne voulais pas ajouter de l'angoisse à l'angoisse. Après tout, moi aussi, j'étais à côté de mes pompes. Ce n'est sans doute pas sa bouche qui était décalée par rapport à ses mots, c'est mon cerveau qui…

Anna m'a pris dans ses bras. Elle me connaissait : elle savait quand les pensées cavalaient un peu trop sous mon crâne. C'était sa façon de m'apaiser. M'envelopper de son corps et de son amour pour chasser les idées noires. Allongés-recroquevillés l'un contre l'autre dans le canapé trop petit, on s'est retrouvés nez à nez, comme des mômes cachés sous une couverture pour échanger leur premier bisou. Je ne voyais plus que ses yeux brillants plongés dans les miens.

— Je t'aime. Je ne veux pas que tu t'inquiètes. Si on n'arrive pas à faire d'enfant, on sera quand même là l'un pour l'autre et c'est le plus important.

— Mais… tu serais malheureuse, non, si on n'avait jamais d'enfant ?

— Je finirais par m'en remettre.

— Je veux pas que tu sois malheureuse.

— Je le suis pas. Moi, je veux pas que t'aies peur.

— Je veux pas qu'on se perde.

— On se perdra jamais.

On s'est embrassés. Histoire de sceller la promesse. Puis on n'a plus parlé. La petite ne pleurait plus, le silence était total. On a fermé les yeux.

Je ne sais pas combien de temps j'ai dormi. Cinq minutes. Trente minutes. Peut-être une heure. C'est un bruit de papier froissé qui m'a réveillé. J'ai ouvert les yeux. Anna se tenait debout devant le frigo de la cuisine. Elle triturait une feuille dans ses mains.

— Qu'est-ce que tu fais ? ai-je demandé, dans les vapes.

Elle n'a pas répondu.

— Anna ? Qu'est-ce que tu fais ?

Elle s'est retournée, surprise.

— Ah, t'es réveillé ?

— Oui, c'est toi qui m'as réveillé.

— Désolée, chéri… J'ai dormi quelques minutes, puis j'ai eu comme un flash…

Je me suis résolu à m'asseoir sur le canapé, j'avais la gorge sèche.

— Un flash ?

Elle m'a tendu la feuille. C'était le dessin : « J'ESPÈRE QUE TU CRÈVERA EN ENFERE »...

— Un flash à propos de ça.

— Euh... Ouais ?

— C'est un dessin d'enfant !

— Ouais, effectivement, c'est pas du Rembrandt.

— Mais non, tu comprends pas.

Elle s'est rapprochée de moi, exaltée.

— Si c'est un enfant... c'est peut-être pas adressé à mon beau-frère... mais à ma sœur.

— Merde... Tu crois ?

— Mais oui. C'était rangé avec le reste, ça nous a induits en erreur. Ils ont juste fait une « « chemise à merdes ». Une CAM. C'est écrit dessus !

— Mais... comment t'as réussi à déduire ça ?

— Ma sœur en avait une quand on était ados. Elle y mettait ses lettres de rupture, ses mauvaises notes... Elle la cachait derrière la chaîne hi-fi de sa chambre, en dessous du poster de Brandon de *Beverly Hills*. Elle appelait ça sa « chemise à merdes ». Ça m'est revenu d'un coup !

Cette fois, je ne pouvais plus rester en place. Je me suis levé d'un bond et j'ai rejoint Anna. J'ai regardé à nouveau le dessin. Ce bonhomme à cheveux noirs, pendu devant un restaurant... ressemblait subitement à une jeune femme à cheveux courts – comme la sœur d'Anna –, ce putain de restaurant à une école et ce jardin à la con à une cour de récré. Tout s'éclairait. Enfin, presque tout, parce que cela n'expliquait toujours pas les marques sur le corps de la fillette. Ni pourquoi ses parents étaient portés disparus depuis maintenant…

— Mais il est quelle heure ?

— Minuit, je crois.

— Mais enfin c'est dingue, ta sœur et son mec devraient déjà être là !

— Je sais, je sais.

— Tu veux pas la rappeler au lieu de… de… Mais en fait, qu'est-ce que tu fous devant ce frigo ?

Elle m'a lancé un regard d'illuminée, puis a posé son index sur la porte de l'appareil. À côté d'un petit calendrier de l'année en cours et d'une carte de visite d'un sophrologue de Rochefort, une photo de classe.

Dans une cour de récré, une vingtaine de mioches posaient devant l'objectif et Audrey se tenait à droite, toute fière. À voir les visages, les élèves avaient sept ou huit ans. Anna a arraché le cliché pour le coller sous ses yeux. Et puis sa bouche s'est ouverte.

— Gaspard… C'est elle…

Son doigt désignait maintenant une élève. Elle se tenait au troisième et dernier rang. À l'écart. Si sa chevelure noir corbeau laissait penser à des origines méditerranéennes, son visage n'avait rien de solaire : il était blafard et anguleux. Ses sourcils déjà broussailleux dominaient des yeux fuyants, cherchant à s'échapper du cadre. Même sa façon de se tenir la différenciait du groupe. Elle aurait été harcelée que ça ne m'aurait pas étonné.

— Comment ça, c'est elle ?

— On l'a déjà vue, cette petite…

— Ah bon ? Où ça ?

— Mais si, regarde-la bien !

Elle me mettait le doute.

Oui, j'avais peut-être déjà croisé ces cheveux noirs et ces traits plus durs que ceux qu'on associe en temps normal à une enfant.

— Si on l'a déjà vue, ça ne peut être qu'ici…

Anna a acquiescé et s'est mise à faire les cent pas dans la pièce. Elle ne marchait pas, elle pivotait dans la cuisine comme si son corps était propulsé par des décharges électriques. Elle fouillait dans sa mémoire, à croire que sa vie en dépendait. J'ai essayé de me concentrer en fixant le visage de la gamine. Ça finissait par me dire quelque chose. Ma mémoire m'envoyait de légers signaux lumineux, mais encore trop faibles pour percer le brouillard.

Anna parlait toute seule. « Mais à quel moment on a pu… » Sans finir ses phrases. J'ai pris la photo de ses mains pour la retourner. Comme je m'y attendais, les noms des élèves étaient écrits au dos. J'ai cherché le dernier de la dernière rangée.

— Elle s'appelle Sabine Chengor.

— Ça m'aide pas plus, mais…

J'ai pris mon téléphone pour fureter sur Internet. J'ai donné ce nom à manger au moteur de recherche. Peine perdue : on n'est pas référencé à sept ans, à moins d'être le fils d'une princesse. Ce qui n'était pas son cas. J'ai supprimé le prénom et ajouté le nom de la ville. Rien. J'ai remplacé la ville par le département. Quelques résultats sont apparus, des registres d'état civil, des numéros dans un annuaire en ligne. Mais une mention a davantage attiré mon attention. C'était un passage de bouquin qui circulait, le genre d'extrait que les éditeurs laissent fuiter pour donner envie aux gens d'acheter la suite. Mes propres livres connaissaient le même sort. J'ai lu, ou plutôt dévoré, les quelques lignes accessibles. Le livre en question provenait d'une modeste maison d'édition locale, spécialisée dans l'histoire et le patrimoine. Le titre du recueil était limpide : *Les Affaires mystérieuses de Charente-Maritime*.

« … dénoncée par le voisinage, Dolores Chengor fut arrêtée en 1868, accusée d'être à l'origine de la disparition de son mari. À son domicile, on retrouva des cadavres d'animaux (chiens, chats, serpents), mais pas celui de son époux. Ainsi qu'un attirail laissant penser qu'elle se livrait à des activités de sorcellerie : onguents, vieux grimoires et aiguilles. Son mari ne fut jamais retrouvé, mais elle fut condamnée à mort, ses enfants placés dans un orphelinat… »

En achevant ces lignes, j'ai senti ma nuque ployer sous une masse invisible. Chaque centimètre carré de ma peau était devenu moite. J'ai regardé Anna qui, trop occupée par sa réflexion, avait oublié mon existence. J'allais prononcer ce mot – « sorcellerie » – quand elle a planté ses grands yeux exorbités dans les miens, avec le ravissement de celle qui vient de trouver de l'or.

— Au bureau de tabac.

— Quoi ?

— Au bureau de tabac, cet après-midi. Voilà où on l'a vue, la fillette. Sabine… Elle était avec sa mère.

— Sa mère… Tu veux dire, celle qui emmerdait ta sœur, c'est ça ?

— Mais oui… Avec son T-shirt Hello Kitty. Sur le moment, j'ai surtout fait attention à la mère, mais, maintenant, ça me revient. Elle l'accompagnait, elle se tenait un peu à l'écart. Comme sur la photo de classe.

Je revoyais cette gosse, sur le trottoir. Je revoyais même son regard noir – et plus adulte qu'enfantin, là aussi – me dévisager. Et sa langue tirée vers moi, ensuite…

— Merde… T'as raison.

— Je suis sûre que c'est elle qui a fait ce dessin.

— Comme ça ? C'est juste ton intuition ?

— Ça veut dire que ma sœur a vraiment un conflit important avec cette famille… Il s'est passé quelque chose.

— Peut-être.

— Quelque chose qui l'embête beaucoup. Ou qui lui fait peur. Elle n'a pas dû oser m'en parler.

— Le contexte n'a pas dû trop aider, vous n'avez pas eu un vrai moment pour discuter en tête à tête.

— Je le sentais, je le sentais qu'elle n'était pas dans son état normal…

Anna s'est arrêtée de faire les cent pas. Elle a porté un ongle à sa bouche pour commencer à le ronger. Une nouvelle pensée mystérieuse était en train de l'assaillir. Elle a articulé d'une voix hésitante :

— Mais… Mais tout ça n'explique pas ce qui arrive à notre nièce.

Un frisson glacé m'a pris par surprise.

« Un attirail laissant penser qu'elle se livrait à des activités de sorcellerie. »

Non, je ne pouvais pas lui dire ça. On allait finir par devenir fous à force de bâtir des théories aussi insensées. Aussi terrifiantes.

— À quoi tu penses ?

Ma tronche avait dû me trahir.

— Euh… Non, j'ai la tête en vrac.
— Moi aussi. Il faut qu'on rappelle ma s…

Un nouveau hurlement d'enfant. Terrible. Terrifié. Si aigu, si perçant.

On a levé les yeux tous les deux en même temps vers le plafond. Puis on s'est mis à courir pour traverser la cuisine, atteindre l'escalier, monter quatre à quatre pour enfin débouler dans la chambre.

Notre nièce était assise dans le lit, le visage déformé par les cris stridents qu'elle continuait à pousser, les larmes coulant le long de ses joues rouges. Anna s'est ruée dans la pièce pour la prendre dans ses bras.

— Eva ! Qu'est-ce qui se passe ? Dis-nous ce qui se passe !

Je suis resté à côté, planté comme un piquet sur le parquet grinçant. Je suais ou je grelottais, j'avais chaud et froid à la fois, je manquais d'air.

La petite braillait comme si on n'était pas là. J'ai réussi à articuler deux syllabes, les plus importantes de ma vie depuis quelques années :

— Anna…

Elle s'est tournée vers moi. On aurait dit qu'elle avait dix ans de plus.

— Regarde son torse…

Anna s'est retournée vers sa nièce. La lumière venant du couloir éclairait sa peau. Anna a déboutonné, puis soulevé son body. Aussitôt sont apparues d'énormes griffures. Rouge sang, si larges, si profondes. Quatre traînées, presque des morsures. Peut-être des morsures.

Anna a pivoté à nouveau vers moi, la vue brouillée de larmes. De la tête, elle a dit « non ».

Non, tout ça n'était pas possible. On était sortis de la réalité, celle dans laquelle vivent la plupart des gens. On était entrés sans le savoir dans un autre monde en pénétrant dans cette chambre d'enfant.

Un miaulement de chat.

Leur foutu chat se tenait dans l'embrasure de la porte, tranquille, comme un propriétaire dans sa baraque. Je me suis approché. Je crois que je cherchais des traces de sang sur son museau.

— Chérie… C'est lui… C'est forcément lui…

Les pleurs de l'enfant n'en finissaient pas. Anna m'a imploré des yeux, à la fois aux abois et en furie.

— Gaspard… Dégage-moi ce putain de chat. Dégage-le, je t'en supplie !

Je me suis avancé vers l'animal. C'était lui ? C'était lui, le bourreau ? Une colère sourde est montée en moi. J'ai agité ma main devant la bête.

— Allez, dégage ! Dégage, maintenant !

Au lieu de déguerpir, il s'est assis, paisible et puissant, comme un sphinx, et m'a toisé du regard.

— Allez ! Dégage, putain !

Aucun mouvement. Je l'ai poussé du bout du pied pour le chasser. Il a fini par se lever et s'est enfui à travers le couloir.

— Oh, mon Dieu…

Derrière moi, la voix d'Anna est devenue plaintive, comme si elle ravalait un sanglot d'effroi. La gamine pleurait toujours, quoique un peu moins maintenant. Anna a soulevé davantage le body de l'enfant ; les griffures étaient rougeoyantes, comme si elles continuaient de se creuser sous nos yeux.

— C'est cette saloperie de chat, ai-je dit.

Sauf que quelque chose clochait. Le vêtement, lui, n'était pas déchiré. *Comme si les griffures étaient faites…*

Anna m'a regardé sans dire un mot. On devait penser la même chose.

… de l'intérieur, oui…

La petite s'est arrêtée de pleurer. Elle venait de se rendormir, trop épuisée. Ou alors elle était tombée dans les pommes, la tête affalée contre la poitrine d'Anna.

— Il faut qu'on appelle les secours, maintenant ! ai-je dit.

C'est à cet instant que le téléphone d'Anna a vibré dans la poche de son bermuda. Elle l'a sorti pour voir s'afficher le nom de son correspondant : « Audrey ». Elle m'a tendu l'appareil.

— Prends-le, je la garde contre moi…

Je me suis exécuté en m'éloignant. Elle a ajouté :

— Et dis-lui bien tout.

J'ai activé la touche verte tout en poursuivant mon chemin dans le couloir.

— Allô ?

— Allô, comment ça va ? Je suis désolée, on a crevé et mon téléphone était déchargé… On a réussi à s'arrêter dans un café pour que je reprenne un peu de batterie… Eva s'est endormie ?

— Euh… Il faudrait vraiment que vous arriviez vite parce qu'il se passe tout un tas de choses bizarres, ici…

— Hein ? Comment ça ?

Me prenait-elle pour un con ?

— Mais enfin, c'est ce que ta sœur t'a dit tout à l'heure. On ne comprend pas pourquoi ta fille a des marques de coups et même maintenant de griffures ou de morsures sur le corps…

— Hein ? C'est une blague ? Tu me fais marcher ?

En accélérant le pas sous l'effet de l'adrénaline, et même de la colère montante, j'ai dévalé l'escalier, la cuisine et débouché dans le salon. Le chat blanc était posé dans le canapé, tranquille. Le sphinx. Et me fixait. Ou plutôt, me narguait.

— C'est pas du tout une blague. Toi-même, quand on t'a dit que la petite était passée par-dessus les barreaux de son lit, t'avais pas l'air surprise… Vous nous cachez des choses ?

— Mais enfin, Gaspard, tu délires !

— Non, je délire pas. Tu as commencé à dire : « C'est encore ce… » Ce quoi ?

Un silence s'est installé. J'ai cru qu'elle avait à nouveau perdu le réseau. Mais elle a fini par souffler :

— Eva est agitée parfois, ça arrive…

J'ai flairé qu'elle était sur le point de balancer un scoop. Mais qui serait resté bloqué dans le tuyau. Je me suis senti obligé de relancer :

— Elle est tellement agitée qu'on s'apprêtait à appeler le Samu…

— Mais enfin, qu'est-ce que c'est que ces histoires de… morsures ?

— Ce serait pas votre chat ?

— Hein ? Notre chat, Barnie ?

— Ben oui… Des morsures, c'est le seul capable d'en faire ici. Sauf si vous avez un esprit frappeur dans la maison.

— Écoute, je comprends rien à ce que tu me dis.

Sa voix passait de la perplexité à un agacement mêlé d'angoisse.

— Mais enfin, chaque fois qu'on découvre une nouvelle blessure sur ta fille, il est dans le coin ! C'est lui, c'est forcément lui…

— Barnie adore Eva, je ne sais pas ce que vous êtes en train de me jouer comme numéro, vous êtes peut-être en colère parce que la soirée s'est éternisée, mais…

— Je vais l'examiner, ton chat. S'il y a du sang, ce sera facile à voir sur son pelage blanc.

Un silence s'est installé au bout du fil. J'ai cru une seconde que la ligne avait coupé. Mais Audrey a repris la parole.

— Qu'est-ce que tu as dit ?

— Que je... Que j'allais examiner ton chat.

— Non, après... Qu'est-ce que tu as dit ?

— Que le sang serait facile à voir, puisque...

J'ai arrêté de faire les cent pas immédiatement. Avant qu'elle ne reprenne la parole, j'avais déjà compris.

— Notre chat n'est pas blanc.

En face, le sphinx ne bougeait plus. Les yeux en amande rivés sur moi. Serein. Je ne lui faisais pas plus peur qu'une souris boiteuse.

— Gaspard... Gaspard ?

Je n'entendais plus qu'à peine la voix d'Audrey dans l'appareil.

— On est là dans dix minutes, ne bougez pas.

Je suis resté immobile encore un long moment, impossible à estimer. Le temps n'existait plus. Puis j'ai marché doucement vers l'animal, sans savoir ce que j'allais faire.

— Putain, d'où tu sors, toi ?

Me voyant approcher, il s'est dressé sur ses pattes. M'a regardé, sur la défensive. On aurait dit qu'il était prêt à sauter sur mon visage pour le griffer. Quand il a bondi du canapé, j'ai eu un mouvement de recul. Mais il s'est contenté de se carapater en traversant le salon dans l'autre sens. En le poursuivant, je suis tombé nez à nez avec Anna.

— Qu'est-ce qui se passe ici, Gaspard ? Dis-moi ce qui se passe !

— Je… La petite dort ?

— Oui… Comme un ange.

— Il ne faut pas que ce putain de chat s'approche encore.

— J'ai fermé la porte de sa chambre à clé. Et j'ai gardé la clé.

Elle m'a tendu l'objet comme pour en apporter la preuve.

— Chérie… Ce n'est pas le chat de ta sœur.

— Quoi ?

— Est-ce que tu as déjà vu un autre chat chez Audrey ?

— Mais non… Pourquoi ?

— Le chat de ta sœur n'est pas blanc. Tu l'avais déjà vu avant ?

— Ben… Non… Souviens-toi l'été dernier, ils ne l'avaient pas encore. C'est vers Noël qu'ils nous ont dit en avoir recueilli un dans la rue, qu'Eva voulait absolument garder.

— C'est vrai, je me souviens. Mais… elle te l'avait décrit ?

— Non. Je crois pas.

— C'est pas ce chat, elle me l'a dit.

— Mais bordel… À qui est ce chat ?

— Je ne sais pas, mais il faut qu'on le retrouve.

Aussitôt, on s'est lancés sur sa trace. J'ai regardé partout dans la cuisine : sous l'escalier, derrière la porte, sous le vaisselier. Y compris dans des coins improbables : dans la boîte à pain, dans le placard...

— Il est peut-être devant sa chambre, ai-je dit. Peut-être qu'il essaie d'y entrer encore.

— Tu... Tu crois ?

Anna s'était transformée en zombie, elle me suivait sans rien comprendre, sans avoir plus aucune prise sur le cours des choses.

J'ai grimpé l'escalier à toute vitesse, je me suis faufilé dans le couloir obscur. J'ai allumé la lumière en retenant mon souffle. Mais rien. C'était désert. Je me suis approché de la porte de la chambre.

— T'es sûre que t'as fermé à clé, hein ?

Elle est restée bras ballants, au bout du couloir. Comme si elle ne m'avait pas entendu.

— Tu es sûre que tu as fermé à clé ?

— Mais oui... Oui, je suis s...

Un bruissement s'est échappé de la chambre. Puis comme des cris étouffés. C'était Eva. J'ai ressenti comme une décharge électrique en plein cœur.

— Bordel !

J'ai tenté d'ouvrir la porte. Mais Anna ne s'était pas trompée, elle était bien verrouillée.

— Anna ! Anna ! Passe-moi la clé !

Elle est enfin sortie de sa léthargie pour se précipiter à mes côtés.

— Mais comment c'est possible ? Comment c'est possible ? a-t-elle répété, hébétée.

Elle a plongé sa main tremblante au fond de sa poche. Trop tremblante : la clé lui a échappé des mains pour tomber sur le parquet.

— Merde !

Elle s'est accroupie pour la ramasser. La suite a défilé en mode stroboscope. J'ai d'abord vu que sa main, celle qui avait fouillé dans sa poche, saignait. Elle venait de se couper avec quelque chose. Puis une pluie métallique a frappé le parquet. Presque en même temps, les cris étouffés ont cessé dans la chambre. J'ai ouvert grands les yeux pour comprendre l'origine de ces cliquetis agglomérés. Des aiguilles. Un tas de petites aiguilles à coudre venaient de tomber de la poche d'Anna. Il y en avait des dizaines, peut-être une centaine. Anna semblait découvrir en même temps que moi l'incompréhensible apparition.

— C'est quoi, ça ?

— Je…

Les mots du bouquin me sont revenus en tête : *« … un attirail laissant penser qu'elle se livrait à des activités de sorcellerie : onguents, vieux grimoires et aiguilles. »*

Mon cœur s'est arrêté de battre.

— Anna… Qu'est-ce que tu fous avec ça dans ta poche ?

— Mais je… Je ne savais pas que c'était dans ma poche…

— Ça sort d'où ?

— Je… On les a mis dans ma poche, c'est pas possible autrement…

— Tu… Tu es sûre ?

Anna ne parlait plus. Elle s'est accroupie au-dessus du tas d'aiguilles. Blanche comme un linge. Blanche comme le chat.

J'ai ramassé la clé sur le parquet et me suis redressé pour ouvrir. Anna ne s'est pas relevée. Elle restait dans la même position. On aurait dit une petite mamie changée en statue. Elle a commencé à rassembler les aiguilles. Pendant une seconde, il m'a semblé que ses mains étaient devenues veineuses. Et ses doigts crochus. D'une voix enfantine, à peine plus haute qu'un chuchotement, elle s'est mise à chanter :

— Trois petits chats, trois petits chats…

Anna, est-ce que cette fois, on se perd vraiment l'un l'autre ?

J'ai ouvert la porte. Et j'ai hurlé de toutes mes forces. J'en ai même cassé ma voix. L'enfant ne bougeait plus. Mais quelque chose gigotait dans son lit. Une forme, plusieurs formes ondulaient, frénétiquement. Des sons, plus précisément des sifflements montaient de ce coin de la pièce, de plus en plus fort. J'ai mis quelques secondes à comprendre ce que je voyais. Trois serpents s'enroulaient autour de la gorge de l'enfant. La tête dressée, ils agitaient leur langue dans la pénombre. Comme s'ils étaient prêts à s'attaquer à nous après avoir fait d'elle leur festin. Ce n'étaient pas des vipères, plutôt une espèce exotique inconnue au bataillon, avec des reflets jaunes et rouges. Après avoir compressé autant que possible le cou d'Eva, les trois mangeurs d'hommes se tournaient maintenant dans ma direction. Leurs sifflements résonnaient de plus en plus fort, comme des acouphènes envahissants. J'avais presque l'impression d'entendre des mots s'échapper de leurs bouches, je ne saurais pas dire lesquels, peut-être un langage inconnu. Notre nièce était morte. Il n'y avait plus de doute. Vidée de son sang, même. Son visage semblait aspiré par ses propres os et sa bouche s'était figée dans un cri de douleur indicible. Ses yeux étaient encore grands ouverts, à jamais aveuglés par l'obscurité. Ou par quelque chose dans l'obscurité. Ou quelqu'un. Qui avait réussi à échapper à notre regard jusque-là. Elle avait vu la mort en face. Plus rien n'était impossible à présent. Y compris que ces serpents se décident à ramper à travers les barreaux du lit, et en un éclair, à bondir jusqu'à moi.

Je suis tombé dans les pommes.

Épilogue

Je me suis réveillé dans une autre chambre, d'hôpital cette fois. On m'a expliqué que j'avais déjà repris connaissance dans la maison de ma belle-sœur, mais en poussant des cris si démentiels qu'on avait dû m'administrer un calmant pour me renvoyer vers Morphée. C'est possible, je n'en ai pas le souvenir. J'ai demandé des nouvelles d'Anna, on m'a dit qu'elle se trouvait dans une autre chambre de l'établissement, mais que c'était trop tôt pour la voir. J'ai compris après que c'était moins pour une raison psychiatrique ou sanitaire que policière. À la fin de la journée, deux flics sont venus me rendre visite. Ils n'avaient pas pu interroger Anna, qui était encore à la phase cris d'effroi, sans pouvoir articuler une phrase complète. Mais j'avais interdiction de la voir avant qu'ils aient pu mener leur audition. J'avais la bouche pâteuse et la vue un peu trouble, comme si une myopie commençait son travail de sape.

Qu'avais-je vu ? Tout se mélangeait à présent dans ma tête. L'un des deux flics était chauve, mais pas vieux, quarante balais, le menton tombant. L'autre était un petit brun aux sourcils broussailleux. Ça m'a rappelé cette gamine et sa mère, qui poursuivaient ma belle-sœur de leur haine. Comment s'appelaient-elles, déjà ? Leur nom m'échappait. Les deux enquêteurs n'ont pas dû comprendre grand-chose à mon récit. Je leur ai parlé de ce chat blanc, du serpent mort, des serpents vivants, du pendu sur le dessin d'enfant. Ils n'ont tellement rien pigé qu'ils sont revenus le lendemain. Une nuit de sommeil n'avait pas suffi à me faire recouvrer toutes mes facultés mentales, mais c'était déjà mieux. Et je prenais aussi conscience qu'on était passés, avec Anna, du statut de témoins à celui de suspects.

Le flic dégarni m'a demandé :

— Vous maintenez avoir trouvé la petite avec trois serpents autour du cou ?

— Oui, je le maintiens. Ils l'ont étranglée. Elle est morte, elle est vraiment morte ?

Les deux flics ont échangé un regard et le déplumé a embrayé :

— Oui, elle est morte. Par strangulation.

J'ai frissonné.

— Les serpents… Ce sont eux…

— On n'a retrouvé aucun serpent, monsieur.

— Aucun serpent ? Ils se sont enfuis dans le jardin… Le chat en avait liquidé un au début de la soirée…

— Monsieur… Ce n'est pas un serpent qui a étranglé l'enfant, mais des mains. Des mains humaines.

J'ai regardé le duo comme si le scénario cauchemardesque se poursuivait encore. Comme si ça n'allait jamais finir. Je me suis mis à pleurer, à gémir.

— C'est pas possible… Je les ai vus, je les ai vus comme je vous vois !

— Monsieur… Je vais vous poser une question simple. Est-ce qu'il y avait quelqu'un d'autre dans cette maison, ce soir-là, à part votre compagne, la petite Eva et vous-même ?

— Non… Non, juste ce chat. Ce putain de chat !

— Un chat blanc, c'est ça ?

— Oui… Lui non plus, vous ne l'avez pas trouvé ?

— Pas encore… Mais on a trouvé un autre chat.

— Quel chat ?

— Un chat siamois.

J'ai réussi à réfléchir une seconde.

— Le vrai chat d'Audrey et David ?

— Oui, Audrey l'a reconnue.

— Putain, il s'était caché où, celui-là ?

— Nulle part. Il était mort sur la route devant la maison. Étranglé, lui aussi.

Ma main droite s'est mise à trembler toute seule. Puis toute ma jambe droite. Incontrôlable. Et les larmes me montaient encore aux yeux. Les deux flics se regardaient comme des cons.

— Vous voulez qu'on appelle une infirmière, monsieur ?

— Je... Je... Et ce putain de chat blanc, il a disparu aussi ? Évaporé ?

— Pour l'instant, oui.

— Et vous allez me dire qu'on a inventé tout ça ? Qu'on a inventé les serpents ? Le chat ? Anna et moi ?

L'agacement a mis fin au tremblement.

— Ce n'est pas ce qu'on vous dit, monsieur. Pour l'instant, on vous pose des questions. Et votre compagne n'a toujours pas été entendue. Je vous repose la question, monsieur. Étiez-vous seul dans la maison ce soir-là ?

— Je...

Les mots ne sortaient plus. Depuis l'injection de tranquillisants, tout était devenu brumeux, ce sentiment d'être spectateur de la réalité sans pouvoir entrer dedans.

Inspecteur calvitie a repris :

— La petite avait aussi plusieurs marques de coups...

— Oui, je me souviens. Au début, on a pensé qu'elle s'était fait ça en tombant du lit.

— De son lit à barreaux ?

— Oui… mais en fait, c'est comme si quelqu'un l'avait frappée.

— Vous voulez dire que les coups étaient plus anciens ?

— Je ne sais pas… Non… Comme si quelqu'un la frappait ce soir-là. Dès qu'on avait le dos tourné.

— Elle était laissée sans surveillance ?

— Non ! Anna s'occupait d'elle. C'était comme un entraînement.

Le flic a marqué un temps pour essayer de comprendre cette dernière phrase, puis a replongé le nez vers son calepin pour noircir quelques mots de plus.

— Un entraînement ?

— Elle voulait un enfant.

Un ange est passé.

— Anna était seule avec la petite dans la chambre ? a-t-il poursuivi d'un ton neutre.

— Je… Non, pas toujours.

— C'est elle qui la couchait ?

— Oui… Elle voulait pas que ce soit moi.

— Anna ne voulait pas que ce soit vous ?

— Mais non… C'est Eva qui ne voulait pas…

Mais qu'est-ce qu'il cherchait à me dire ce con de poulet ? Qui était suspect ? Nous deux ? Juste moi ? Ou seulement Anna ? Des souvenirs éclairs me sont revenus : le tas d'aiguilles sur le parquet. Les mains veineuses d'Anna. Les doigts crochus d'Anna.

Non, ce n'était pas possible.

Enfin, le flic à gros sourcils m'a laissé entendre sa voix :

— Est-ce que vous avez vu quelqu'un autour de la maison ?

J'ai plongé dans ma mémoire. Pas longtemps. Le visage du clochard est remonté à la surface.

— Oui… Un SDF, ou un marginal… Il rôdait autour de la baraque.

— Il ressemblait à quoi ? m'a demandé son collègue.

— Il avait un chapeau de paille. Il était assez grand. Il avait une gueule un peu ravagée… et des cheveux tout blancs. Bizarrement blancs.

— Ça veut dire quoi, « bizarrement blancs » ?

— Je sais pas… Un blanc éclatant.

— Vous vous souvenez de l'heure à laquelle vous l'avez vu ?

— La nuit n'était pas encore tombée… Il devait être 20 heures.

— Il faisait quoi, quand vous l'avez vu ?

— Je… J'étais dans la salle de bains, je crois. Je l'ai aperçu par la fenêtre. On aurait dit qu'il nous regardait.

Le flic a noté de plus en plus compulsivement mes propos.

— Et ensuite, vous l'avez revu ?

— Oui, un peu plus tard… Cette fois, je suis allé à sa rencontre. Je suis sorti de la maison…

— À quelle hauteur, à peu près ?

— Comment ça ?

— C'était devant la maison ?

— Non, un peu plus loin, près de la rivière.

Le chauve a tiré un plan de sa poche qui tenait sur une feuille A4. Il l'a placé à hauteur de son visage pour mieux me le montrer.

— Vous seriez capable de positionner l'endroit où vous lui avez parlé ?

J'ai regardé son plan : il représentait chaque rue du cœur du bourg avec son nom et chaque maison du secteur avec son numéro. J'ai essayé d'être précis en désignant un endroit, cinq numéros plus loin que la casa du cauchemar.

— C'était là ? Vous êtes sûr ?

— Euh, oui… Oui, oui…

Il a pris son stylo – un Bic noir – et a tracé une croix à l'emplacement indiqué.

— Et qu'est-ce que vous vous êtes dit, avec cet homme ?

— Je voulais lui dire de se casser, mais il avait l'air tellement démoli que je lui ai juste demandé s'il allait bien.

— Il vous a répondu quoi ?

— Un truc… bizarre… Du genre « mal sur toi ».

— Mal sur toi ?

— Oui… « Le mal est sur toi. »

Les deux flics ont échangé à nouveau un regard, mais impossible de savoir ce qu'il sous-entendait. Me prenaient-ils pour un fou ? Ou pour un criminel ? Tout bien considéré, je préférais la première hypothèse.

— Monsieur, a continué mon interrogateur. L'une des maisons de cette rue est équipée d'une vidéosurveillance, installée dans son jardin. Depuis que le propriétaire a été victime d'un cambriolage il y a trois ans, il a pris ses dispositions.

— Je suis ravi pour lui.

— On a récupéré le fichier.

— Ah… très bien, vérifiez ! On doit me voir avec le clodo !

Pas un mot n'est sorti de leur bouche, pas une expression n'a troublé leur visage. Mais la tête d'œuf a tiré d'une sacoche qu'il avait posée à ses pieds, et que je n'avais pas remarquée jusque-là, une tablette. Il l'a allumée.

— Je vais vous montrer, monsieur.

Il a tourné l'appareil vers moi. Une vidéo muette, en noir et blanc, au grain grossier, s'est enclenchée. Je suis apparu à l'écran. C'était bien moi. Avant que tout ne dérape. Avant que tout ne s'écroule. Avant l'horreur. Je marchais dans la rue bordant la rivière de ce pas énervé et lourd de trouille à la fois, le dos en sueur, et je m'adressais à quelqu'un hors champ. Forcément, ils allaient encore me prendre pour un givré qui cause tout seul. J'ai protesté en me redressant d'un coup sur mon lit.

— Mais il est pas dans le cadre de la caméra, là, c'est tout ! Il est juste pas dans le cadre de la caméra !

Ma jambe droite se remettait à trembler. Je sentais la colère monter en moi, prête à exploser.

— Calmez-vous, monsieur, m'a dit le flic, se doutant que j'étais proche du point de non-retour.

C'est l'image à l'écran qui a mis fin à mon tremblement. Elle m'a même figé net, de la tête aux pieds. Mon interlocuteur a fini par se dévoiler dans le champ de la vidéosurveillance. J'aurais voulu mourir immédiatement pour arrêter ces pensées qui enflammaient mon cerveau.

Ce n'était pas le clochard qui me faisait face.

Et ce qui m'avait paru impossible jusque-là devenait une certitude. Tout s'éclairait. Toutes les pièces du puzzle s'imbriquaient.

On nous avait ensorcelés. Il n'y avait pas d'autre mot.

Elle nous avait ensorcelés. Chengor. Voilà, son nom me revenait. La descendante de sorcière nous avait jeté un sort maléfique pour se venger, et c'est elle qui nous avait rendus fous. Qui avait rendu folle Anna. Qui avait pris possession de ses mains.

Elle avait même signé son crime. Je revoyais son T-shirt au bureau de tabac. Sa signature était déjà là.

À la place de ce clochard qui n'avait jamais existé se tenait autre chose. Le chat blanc.

Il était là, face à moi.

Hello, Kitty !

PARUS DANS

LA BÊTE NOIRE

NOÉMIE ADENIS
Le Loup des ardents (Grand Prix des Enquêteurs 2021)
Le Jardin des anatomistes

DANIELLE ARCENEAUX
Glory B. enquête
Frayeur en Louisiane

KATERINA AUTET
La Chute de la maison Whyte (Grand Prix des Enquêteurs 2020, Prix littéraire de la Renaissance française 2020)
Les Deux Morts de Charity Quinn

CÉDRIC BANNEL
Baad (Prix du Meilleur Polar des lecteurs de *Points* 2017)
Kaboul Express
L'Espion français

PATRICK BAUDOT
Alias Cristal 18. Trente-quatre ans au 36, quai des Orfèvres – Les Ondes

JACQUES-OLIVIER BOSCO
Brutale
Coupable

RHYS BOWEN
Son Espionne royale
Tome 1, *Son Espionne royale mène l'enquête*
Tome 2, *Son Espionne royale et le mystère bavarois*
Tome 3, *Son Espionne royale et la partie de chasse*
Tome 4, *Son Espionne royale et la fiancée de Transylvanie*
Tome 5, *Son Espionne royale et le collier de la reine*
Tome 6, *Son Espionne royale et les douze crimes de Noël*
Tome 7, *Son Espionne royale et l'héritier australien*
Tome 8, *Son Espionne royale et la reine des cœurs*
Tome 9, *Son Espionne royale et les conspirations du palais*

Tome 10, *Son Espionne royale et le baron irlandais*
Tome 11, *Son Espionne royale au service de Sa Majesté*
Tome 12, *Son Espionne royale. Quatre enterrements et peut-être un mariage*
Tome 13, *Son Espionne royale. Amour et mort parmi les léopards*
Tome 14, *Son Espionne royale vole au secours de Belinda*

FRANCK CALDERON, HERVÉ DE MORAS
Là où rien ne meurt

JULIA CHAPMAN
Les détectives du Yorkshire
Tome 1, *Rendez-vous avec le crime*
Tome 2, *Rendez-vous avec le mal*
Tome 3, *Rendez-vous avec le mystère*
Tome 4, *Rendez-vous avec le poison*
Tome 5, *Rendez-vous avec le danger*
Tome 6, *Rendez-vous avec la ruse*
Tome 7, *Rendez-vous avec la menace*
Tome 8, *Rendez-vous avec le Diable*
Tome 9, *Rendez-vous avec la justice*
Tome 10, *Rendez-vous avec le destin*

JEAN-CHARLES CHAPUZET
Bandit

KAREN CLEVELAND
Toute la vérité

DANIEL COLE
Ragdoll
Tome 1, *Ragdoll* (Prix Griffe noire du polar de l'année 2017)
Tome 2, *L'Appât* (Prix Bête noire des libraires 2018)
Tome 3, *Les Loups*
Pietà
Jackdaw

COLLECTIF, sous la direction de LISETTE LOMBÉ, ELVIRA MASSON, FABRICE ROSE et DELPHINE DE VIGAN
Histoires de femmes – Les Ondes

TASHA CORYELL
Lettres d'amour à un tueur en série

SANDRONE DAZIERI
Tu tueras le Père
Tu tueras l'Ange
Tu tueras le Roi
La Danse du gorille
Le Mal que font les hommes
Le Fils du magicien

LARA DEARMAN
La Griffe du diable
L'Île au ciel noir

ALAIN DECKER
Jours de ténèbres (Grand Prix des Enquêteurs 2023)

INGRID DESJOURS
Les Fauves
La Prunelle de ses yeux

CLAIRE FAVAN
Serre-moi fort (Prix Griffe noire du meilleur polar français 2016)
Dompteur d'anges
Inexorable

CARYL FÉREY
Magali – Les Ondes

REBECCA FLEET
L'Échange
La Seconde Épouse

DOMINIQUE FORMA
Coups de vieux

OLIVIER GALLIEN
Dans la neige ardente (Prix Bête noire des libraires 2022)
Sève

AMY GENTRY
Les Filles des autres
De si bonnes amies

MARIA GRUND
La Fille-renard
Le diable danse encore

LAURENT GUILLAUME
Les Dames de guerre
Saïgon, t. 1 (Prix Bête noire des libraires 2024 ; Grand Prix sang d'encre 2024 ; Prix polar Méditerranée 2025)

PATRICE GUIRAO
Le Bûcher de Moorea
Les Disparus de Pukatapu
Rivage obscur

L. S. HILTON
Maestra
Domina
Ultima

INGAR JOHNSRUD
Les Adeptes
Les Survivants

ELIZABETH KEY
Sept mensonges

QUNTOS KUNQUEST
Cette vie-là – Les Ondes

MATHIEU LECERF
La Trilogie du démon
La Part du démon (Prix Bête noire des libraires 2021, Prix Nouvelles Voix du polar 2022, roman français)
Au royaume des cris
La Mort dans l'âme

SARA LÖVESTAM
Chacun sa vérité (Grand Prix de littérature policière 2017, domaine étranger, Prix Nouvelles Voix du polar 2018, roman étranger)
Ça ne coûte rien de demander
Libre comme l'air
Là où se trouve le cœur

VALERIO MARRA
Maîtresse

FABIO MITCHELLI
Une forêt obscure
Le Tueur au miroir
Le Loup dans la bergerie (Prix Méditerranée Polar 2021)

NADINE MONFILS
Les folles enquêtes de Magritte et Georgette
Nom d'une pipe !
À Knokke-le-Zoute !
Les Fantômes de Bruges
Liège en eaux troubles
Leffe-toi et marche
Charleroi du crime
À Montmartre
Pataquès à Cadaqués

NICOLE NEUBAUER
Sous son toit

VINCENT ORTIS
Pour seul refuge (Grand Prix des Enquêteurs 2019)
Patiente

GIN PHILLIPS
Le Zoo (Prix Transfuge du meilleur polar étranger 2017)

ANTOINE RENAND
L'Empathie, t. 1 (Prix des lecteurs Gouttes de Sang d'Encre 2019, Prix Nouvelles Voix du polar 2020, roman français)
Fermer les yeux

S'adapter ou mourir
L'Empathie, t. 2

Fabrice Rose
Tel père, telle fille (Prix Bête noire des libraires 2020)
Le Plan
Pourchassés

Rydahl & Kazinski
La Mort d'une sirène

Romain Slocombe
La Trilogie des collabos
L'Affaire Léon Sadorski (Prix Libr'à Nous 2017, catégorie polar)
L'Étoile jaune de l'inspecteur Sadorski
Sadorski et l'Ange du péché
La Trilogie de la guerre civile
La Gestapo Sadorski
L'inspecteur Sadorski libère Paris
J'étais le collabo Sadorski
La Trilogie des damnés
Sadorski chez le docteur Satan
Les Revenants de l'inspecteur Sadorski

Thibaut Solano
Les Noyés du Clain
Les Dévorés

Dominique Sylvain
Panique en Armorique
Périlleuses Pyrénées
Le Vin des sorcières

Clémentine Thiebault
En votre intime conviction – Les Ondes
Voyeur ! Enquête sur un phénomène de société – Les Ondes

Dato Tourachvili
Génération denim – Les Ondes

Danielle Trussoni
Le Maître des énigmes
La Boîte du Dragon

Ilaria Tuti
Sur le toit de l'enfer (Prix Bête noire des libraires 2019, Prix Nouvelles Voix du polar 2020, roman étranger)
La Nymphe endormie
À la lumière de la nuit
Fille de cendre
Le Bal des vautours

Harriet Tyce
Blood Orange
Tu mens comme tu respires

Maddalena Vaglio Tanet
Silvia et les ombres

Yana Vagner
Le Tunnel

Damien et Sibylle Véron
Tiphaine où es-tu ? – Les Ondes

Adrienne Weick
La Septième Diabolique (Grand Prix des Enquêteurs 2022)

Annette Wieners
Cœur de lapin

Retrouvez

LA BÊTE NOIRE

sur Facebook, Threads et Instagram

pcq cmb
édition pré-presse
livres numériques
44400 Rezé

Pour plus d'information :
#lisez! engagé
www.lisez.com
Imprimé sur du papier issu de forêts gérées durablement.

Imprimé sur du papier issu de forêts
gérées durablement

Cet ouvrage a été achevé d'imprimer en septembre 2025
dans les presses de Normandie Roto Impression s.a.s.
61250 Lonrai
N° d'édition : 68760/01 - N° d'impression : 2503471

Imprimé en France